일
렁
이
는

음
의

밤

**일러두기**

1. 이 책은 국립국어원의 외래어표기법을 원칙으로 하되 일부 음악가명·영화감독명 등은 국내에서 널리 통용되고 있는 고유명사 표기를 따르고 외래어표기 원칙을 괄호로 병기했다.

2. 음악 작품의 경우 앨범명은 겹낫표(『 』)를, 수록곡명은 낫표(「 」)를 썼다.

3. 단행본명에는 겹화살괄호(《 》)를, 시와 단편, 영화명에는 홑화살괄호(〈 〉)를 썼다.

일
렁
이
는
음
의
밤

최
지
인
산
문

화수에게

# 반복과 변주

책방에 출근하면 언제나 글렌 굴드가 연주한 골드베르크 변주곡(BWV 988)을 듣는다. 아리아로 시작해 아리아로 끝나는 곡의 구조는 내 일상과 닮았다. 매일 비슷하게 열리고 비슷하게 닫히는 하루. 그사이 작은 변주들이 있다. 가만히 연주에 집중하다 보면 굴드의 허밍 소리가 희미하게 들린다. 이 소리를 듣고 있으면 오래전 세상을 떠난 사람이 말을 거는 것 같다. 굴드가 굽은 등을 하고 내 옆에서 연주하는 것 같다. 혼자 있어도 혼자가 아닌 것 같다. 건반 깊숙이 잠기는 그의 손가락이 그려진다.

굴드는 아버지가 만들어준 접이식 의자를 평생 들

고 다니며 연주했다. 그 의자는 다리를 잘라내어 앉으면 건반이 눈높이에 올 정도로 키가 작았다. 그는 몸을 깊게 웅크린 자세로 콧노래를 부르며 연주했다. 그런 그의 모습은 사람들의 입방아에 자주 오르내렸지만, 그는 아랑곳하지 않았다.

그의 첫 번째 앨범(1955 Mono Recording)과 마지막 앨범(1981 Recording)은 골드베르크 변주곡을 녹음한 것이다. 1955년 녹음은 당시로는 매우 대담한 해석을 보여주었다. 그는 변주의 반복을 생략하고, 빠르고 명료하게 곡을 연주했다. 이 녹음은 단숨에 그를 세계적인 연주자로 만들었지만, 10년도 되지 않아 그는 무대에서 은퇴한다. 이후 1982년 뇌졸중으로 생을 마감할 때까지 스튜디오 녹음에 몰두한다.

1981년 녹음은 1955년 녹음과 해석의 방향에서 뚜렷이 다르다. 1955년 녹음의 연주 시간이 약 38분에 불과하다면, 1981년 녹음은 50분을 넘는다. 그만큼 서두르지 않고 서른 개의 변주를 천천히 연주했다. 빠른 손놀림으로 곡의 구조를 드러내는 1955년 녹음과 달리, 1981년 녹음은 절제돼 있다. 자기 삶을 조용히 되돌아보는 듯한 깊은 음색은 나를 멈춰 서게 한다.

이 곡은 그에게 시작과 끝이었을 것이다. 우리는 반복과 변주를 거듭하며 살아간다. 때때로 삶은 막막하고, 그 막막함마저 반복된다. 한 줄도 쓸 수 없을 때 나는 그저 책상에 앉아 시간을 견뎠다. 반복은 변주되고, 그 작은 변화가 나를 더 나은 쪽으로 이끌 거라고 믿었다.

음악은 시간의 예술이다. 소리는 탄생하고 소멸하며 흐름이 된다. 태어나는 것은 죽는 것이고, 죽는 것은 태어나는 것이다. 음악을 듣는 동안 우리는 지나간 시간과 아직 오지 않은 시간을 동시에 경험한다.

여기 실린 글들은 모두 음악을 들으며 썼다. 어떤 날은 같은 앨범을 몇 시간이고 들었다. 나는 음악 전문가가 아니다. 곡의 기법이나 구조를 잘 설명할 수도 없고, 어떤 노래가 왜 좋은지 논리적으로 말할 수도 없다. 이 책에서 음악은 평론의 대상이 아니다. 이야기의 시작점이자 나를 들여다보는 통로이다.

내가 말할 수 있는 것은 결국 나에 관한 것뿐이다. 존재하는 것은 결코 혼자 존재할 수 없듯, 한 사람의 이야기는 항상 다른 사람의 이야기와 연결되어 있다. 어쩌면 우리는 서로의 삶을 통해 비로소 자신을 이해하게 되는지도 모른다.

# 차례

# 살아 있음의 의미는 살아 있다는 것

다시 나아갈 힘을 불어넣는, 이승윤 『폐허가 된다 해도』

자꾸 말이 앞선다. 책임질 수 없는 말들이 넘친다. 회사를 그만두고 몇 년 동안 이런저런 곳에서 말로 먹고살았다. 문학에 대해 시에 대해, 사족을 덧붙이며 전국을 떠돌았다.

오랫동안 시가 무엇인지 물었다. 그 물음 앞에선 늘 막막했다. 팬데믹과 전쟁, 그리고 기후 위기를 살아내며 무력감에 시달렸다. 해야 할 일을 미루고 미루다 펑크를 내기 일쑤였다. 멈춰야 할 때라는 걸 알면서도 멈출 수가 없었다. 맥락 없는 날들이 이어졌다. 그럴 때마다 곁이 돼준 음악이 있다.

이승윤의 음악을 처음 들은 곳은 마포중앙도서관
이다. 작고 문인을 기념하는 행사를 기획하고 연출할
때였다. 그는 고故 김경린 시인의 〈국제열차는 타자기처
럼〉을 노래로 만들어 불렀다. 무대에서 최선을 다하는
그의 모습을 보며 나는 말하지 않고도 마음에 닿는 게
음악이 아닐까 생각했다. 나는 말하는 편이었고 그는
듣는 편이었다. 그의 음악은 섣불리 단정 짓지 않고 계
속해서 회의懷疑한다. 함부로 이해하거나 위로하지 않는
다. 그저 노래할 뿐이다.

광안리 모래사장에 앉아 길게 뻗은 대교를 바라보
며 생각에 잠겼다. 찰나의 기쁨과 오래된 슬픔이 파도
에 일렁였다. 인간은 슬픔의 힘으로 살아가는 게 아닐
까. 사라질 걸 알면서도 사랑하는 것처럼, 실패할 걸 알
면서도 시를 쓰고 노래하는 것처럼. 모래알처럼 흩어져
버릴 우리는 마지막까지 '나'로 남을 것이다.

미래라는 단어를 곱씹으면 떠오르는 일화가 있다.
어느 출판사 면접에서 마지막 질문으로 "10년 뒤 당신
은 무얼 하고 있나요?" 하고 물었다. 머릿속이 까매졌
다. 당시 나는 답십리역 앞에 있는 작은 원룸에 살고 있
었다. 몇 달 치 월세가 밀린 상태였다. 열심히 일했을

뿐인데 나도 모르는 사이 곤경에 처해 있었다. 아무 말도 하지 못했다. 지금도 그 질문에는 답하기 어렵다. 10년 뒤 나는 무얼 하고 있을까.

반복되는 일상은 변하지 않는 것처럼 느껴진다. 하지만 나는 변하고 있다고 믿고 싶다. 이승윤이 열일곱 살 때 지은 「흩어진 꿈을 모아서」는 서른세 살 끝 무렵 친구들의 목소리와 함께 세상에 나왔다. 그는 지하 녹음실에 모여 '희망이라고' 노래하는 친구들을 숨죽여 지켜봤다. 거리에서 노래하던 이승윤이 올림픽홀 무대에 섰을 때 첫 전주가 흐르고 관객들의 환호가 터져 나온 그때, 희망이란 이런 모양일 거라고 생각했다.

이승윤의 앨범 『폐허가 된다 해도』는 이 세상을 비관하지만 끝내 희망을 놓지 않는다. '사람 구실이 대관절 뭔지 말해봐'(「구름 한 점이나」) 하고 물으며 무엇도 나를 대변할 수 없다고 외친다. 나는 종종 한 점의 얼룩 같았다. 나라는 얼룩을 미워하지 않으려고 애썼다. 그의 앨범은 듣는 이에게 끝까지 살아내라고 말하는 것 같다. 마치 살아 있음의 의미는 살아 있다는 것에 있다고 말하는 것 같다.

미래가 '앞으로 올 때'라면 무엇이 내 앞에 올지 모

르지만, 시를 쓰고 노래하며 미지를 향해 뚜벅뚜벅 걸어 가고 싶다. 음악에 관해 이야기하다 보면 늘 나와 만난 다. 음악을 듣는 것은 나를 들여다보는 것과 같다. 나는 친구들의 음악을 들으며 다시 살아갈 힘을 얻는다.

이승윤 정규1집『폐허가 된다 해도』

Track 5『폐허가 된다 해도』

# 기억하려는 것은 새 기억으로 다시 온다

산다는 일의 의미를 오래 곱씹는, 양희은 『양희은 1991』

개를 키우고 싶다고 떼쓰다 드러누운 소년은 상사병에
걸린 것처럼 몸과 마음이 아팠다. 가을날이었다. 학교
도 가지 않고 거실에 이불을 깔고 누워 있었다. 고열에
시달렸다. 저녁때였나. 소년의 아버지가 강아지 한 마
리를 품에 안고 돌아왔다. 작고 귀여운 생명이 꼬리를
흔들며 소년에게 다가갔다. 소년은 언제 아팠냐는 듯이
열이 내렸다. 그때부터 지금까지 우리 집은 늘 개와 함
께였다. 10여 년 전 두 마리가 무지개다리를 건너고, 새
로 들인 두 마리가 어느덧 노견이 됐다. 우리 가족은 다
가올 죽음을 예감하고 있다.

아내가 동물을 키우고 싶다고 할 때마다 주저했던 이유는 죽음을 지켜보는 것이 괴롭고 힘든 일이기 때문이었다. 더는 죽음을 겪고 싶지 않았다.

무뚝뚝한 부모 밑에서 자란 나는 다른 사람에게 속내를 털어놓는 게 어려웠다. 윗집에서 물려준 동화책 전집을 읽으며 공상의 세계에 빠져들었다. 허무맹랑한 이야기들을 공책에 적었다. 개의 머리를 쓰다듬으며 머릿속에 떠오르는 생각들을 쫑알쫑알 늘어놓았다.

양희은의 데뷔 20주년 기념 앨범인 『양희은 1991』의 재킷 사진에는 팔을 괴고 있는 마흔 살의 양희은과 퍼그 두 마리가 있다. 한 마리는 혀를 내밀고 있고 다른 한 마리는 카메라를 바라보고 있다.

이 앨범의 마지막 곡인 「잠들기 바로 전」은 생텍쥐페리의 《어린 왕자》에 나오는 한 대목을 기타 반주에 맞춰 내레이션한다.

"네가 길들인 것에 대해 넌 언제나 책임이 있어."

세월은 인간을 길들인다. 어린 시절 나는 장래 희망을 적는 칸에 '해적'이라고 적었다. 그것이 무엇을 의미하는지도 몰랐다. 그저 배를 타고 건달처럼 떠돌고 싶었다. 게으름을 부리면서 살고 싶은 마음은 여전하지만 이젠 터무니없는 꿈은 좀처럼 꾸지 않는다.

오랜만에 만난 친구가 내게 예전과 많이 달라졌다며 쓸쓸한 웃음을 지었다. 그리운 이에게 '지금 어디에서 무엇을 생각하며 살고 있는지'(「그리운 친구에게」) 묻고 싶다. 사람을 사랑하는 일은 때때로 '참 쓸쓸한 일'(「사랑 그 쓸쓸함에 대하여」)이다.

마흔 살의 양희은은 지난날을 되돌아보며 어떤 생각에 잠겼을까. 30여 년이 지난 지금도 여전히 '산다는 일의 의미'(「저 바람은 어디서?」)를 곱씹고 있을까.

몇 달 동안 두문불출했다는 한 선배는 자기가 처한 상황을 설명하는 것조차 버거워 모두와 연락을 끊었던 적이 있다고 했다. 나도 그런 적이 있다고, 그래서 사과하고 싶은 사람이 있는데 용기가 나지 않는다고 했다.

양희은의 목소리를 들으면 내가 떠나온, 그리운 것들이 하나둘 밀려오는 것 같은 기분이 든다. 「가을 아침」은 북적북적했던 전주 진북동 할머니 댁을, 친척들이 가깝게 지냈던 그 시절을 불러온다.

부모님을 모시고 강천산 근방에 있는 선산에 다녀왔다. 할아버지는 나룻배를 모는 뱃사공이었다. 아버지가 나고 자식들을 데리고 마을을 떠났다고 들었다. '국가유공자'라고 적혀 있는 할아버지 묘 앞에 오래 서 있었다. 봄비가 추적추적 내렸다.

검은 개가 제자리를 돌고 있다. 불러도 돌아보지 않는다. 이번에 보는 게 마지막일 수도 있다고 했다. 흰 개는 숨소리가 거칠다. 두 뒷다리가 앙상하다. 핏덩이 때 데려온 개들이 짖지 않은 지 오래다.

세월은 흐르고 기억은 옅어진다. 흐릿해진 기억의 틈으로 새 기억이 채워지고 어느새 나는 다른 존재가 돼 있다. 하지만 기억하겠다고 다짐한 것들이 있다. 시간이 흘러도 그것들은 새 기억으로 내 앞에 와 있다.

양희은 20주년 기념 앨범 『양희은 1991』

Track 7 「사랑 그 쓸쓸함에 대하여」

# 우리는 짐작보다 더 빨리 지나갈 거야

떠난 것과 남은 것을 헤아리는, 강아솔 『정직한 마음』

어린 나는 어머니 손을 잡고 커피숍에 따라갔었다. 한 남자와 마주 앉아 있었던 기억. 그 남자 얼굴은 이제 없고 어머니가 멍든 눈을 가리려고 진한 선글라스를 쓰고 있다. 어머니는 사표를 내고 20여 년을 집안일에 전념했다. 어린아이를 데리고 상사를 만나러 간 사연과 마음이 어떠했는지 가늠할 길은 없지만 요새 들어 젊은 부부가 감당했을 지난 시절이 눈에 밟힌다. 명절이나 생신 때 뵙는 나이 든 부모님 모습이 괜히 낯설어서일까.

옛집을 허물고 새집을 짓는 중에 일어난 일이다. 일꾼들이 낡은 더플백을 버리는 것인 줄 알고 드럼통에

넣고 불을 피웠다. 그 가방에는 할머니, 할아버지 젊을 적 사진과 자식들 사진이 들어 있었다. 그것들이 몽땅 타버렸다. 이제 남은 할아버지 사진은 영정뿐이다.

할머니는 성미가 급한 아버지를 불편해했더랬다. 부모에게 대들며 험한 말을 쏟아내던 나의 10대 시절이 그려졌다. 어머니는 육아일지에 돼지 꿈을 꿨다고 적었다. 나쁜 짓은 하지 않고 성심성의껏 노력하겠다는 다짐이 적혀 있다. 나는 30일 만에 첫 미소를 지었고 백일에는 딸랑이를 쥐여주면 잘 놀았다고 한다.

환갑을 앞둔 어머니는 내가 옛날이야기를 하면 그런 걸 다 기억하느냐고 손사래를 친다. 좋은 일보다 안 좋은 일을 오래 기억하는 내 성정 탓에 억울한 속도 있을 것이다. 인생의 낙이 없다는 어머니께 무슨 말을 해야 할지 몰랐다. 내가 적은 것은 죄다 슬픈 것뿐이었다.

책방에서 이웃들과 함께 최승자가 서른 살에 내놓은 시집《이 시대의 사랑》을 읽었다. 시집을 읽은 한 분이 자기에게 1970년대는 무서운 시절이었고 1980년대는 부끄러운 시절이었다고 했다. 1990년대는 어떤 시절이었을까. 어머니가 나를 낳고 아버지가 스물일곱 살이었을 때 반지하 단칸방에서 그들은 1980년대의 끝과

1990년대의 시작을 두고 어떤 소원을 빌었을까. 그 소원이 나였을까. 내가 아니었으면 어쩌나.

강아솔은 두 번째 정규 앨범 『정직한 마음』에서 담담한 시선으로 지난 시간을 가만히 바라본다. 제주에서 나고 자란 그는 눈 덮인 사라오름으로 듣는 이를 데려간다. '딸아, 사랑하는 내 딸아' 하고 부르는 목소리로, '엄마는 늘 염려스럽고 미안한 마음이다'(「엄마」) 하고 고백하는 목소리로 우리가 잊고 있던 기억을 불러낸다.

「남겨진 사람들」은 '어느 날 우연히 지하철'에서 들은 두 어르신의 대화로 시작되는 노래이다. '자네 주위에는 이제 몇 명 남았는가' 하는 질문에 어르신은 '이제 나까지 일곱 남았네'라며 '이제 그 수를 세는 데 열 손가락도 채 필요하지 않'다고 말한다. 죽음이라는 사건은 남은 자가 오래도록 되새기고 겪어야 할 뜻밖의 일이다. 강아솔은 떠난 것과 남은 것을 헤아리며, '나보다 강한 마음으로 날 지켜봐줬던 너를 생각하며'(「매일의 고백」) '정직한 마음'으로 노래한다.

인생이 참 길다고 하는 네게, 하고 싶은 것이 없다고 하는 네게, 해묵은 이야기를 늘어놓은 건 삶이 우리가 짐작하는 것보다 더 빨리 지나갈 거라는 예감 때문이었다. 우리는 나이가 들어 어떤 부끄러움을 고백하게 될까. 해변에 누워 책을 읽다 잠들었던 지난여름을 돌이키며 깊은 생각에 잠기게 될까.

강아솔 정규2집 『정직한 마음』

Track 9 「매일의 고백」

# 기쁠 때도 슬플 때도 있겠지

너무 매여 살지 말자 다짐하는 밤에, 복다진 『꿈의 소곡집』

계절은 거짓말처럼 바뀐다. 바람이 차가워지면 덩달아 쓸쓸한 마음이 된다. 마구 일을 벌렸던 때가 있다. 마음이 앞섰고 사람들의 제안을 거절하지 못했다. 그러다 제풀에 지쳐 소중한 사람에게 가시 돋친 말을 쏟아냈다. 네가 슬픈 표정으로 고개를 끄덕였다. 그날의 햇살과 고요가 잊히지 않는다.

　　30대를 건너는 동안 새로운 화두가 생겼다. 계속할 것과 멈춰야 할 것을 가늠하는 것이다. 숨 가쁘게 뛴 것 같은데 제자리 같다. 나는 자주 깊은 늪에 빠졌다. 곁의 것들을 죄다 빨아들였다.

몇 년 전 암막을 두른 작은 방에 너와 내가 있었다. 우리가 어떻게 그 시간을 견뎠는지 모르겠다. 잠들고 또 잠들었다. 시간을 가로질렀다.

우리는 서로를 포기하지 않았다. 나는 널브러진 쓰레기를 종량제 봉투에 담았고 개수대에 쌓인 설거짓 거리를 정리했다. 책상 앞에 앉아 밀린 일들을 하나씩 해냈다.

누가 내게 글 쓰는 이유를 물으면 잘 모르겠다는 말로 답을 회피하곤 했지만, 글 쓰는 거 말고 딱히 잘하는 게 없어서 계속하는 건지도 모른다. 자주 길을 잃었고 포기하려고 한 적도 있었다. 그런데도 그만두지 않은 이유는 생활을 잘 꾸리고 싶기 때문이었다.

복다진의 첫 정규 앨범 『꿈의 소곡집』은 지난날의 우리를 매듭짓는 한 폭의 수채화 같다. '스쳐온 그 자리엔' 크고 작은 허물과 물음이 놓여 있다. '어느 곳에 서 있는지 막다른 길인지도 모를 갈라진 길 위에서'(「갈래」) 나는 가만히 귀를 기울인다. 들풀과 수선화가 줄지은 강가에 앉아 지나간 시간을 곱씹는다. 되돌릴 수 없어서 아름다운 한때가 빛나고 있다.

우리가 함께 노래할 때, 나를 발견하고 너를 발견

하고 우리를 발견한다. 우리에게 다른 삶의 가능성이 있다는 사실을 예감하게 된다.

빛이 어둠을 밝힐 수 있다고 믿으면 자기 약점까지 고백해야 한다는 말이 있다. 미래를 제대로 보기 위해서는 과거를 다시 엮어야 한다.

능선을 따라 고려산 정상에 다다랐던 봄날. 우리가 꿈꿨던 것은 크고 대단한 게 아니었다. 활짝 핀 개나리 옆에 서서 포즈를 취하며 우리가 살아남기를, 회복하기를, 행복하기를 바랐다.

네가 말했다.

"너와 있으면 모든 게 잘될 것만 같은 기분이 들어."

복다진이 노래하는 아름다움은 손에 잡히지 않는 감정과 희망, 풍경 같은 것이다. 흐릿하지만 깊고 넓다. 그는 두루뭉술한 세계에서 기꺼이 헤맨다. 그리고 '어둠에게 묻는다. 넌 빛날 수 없는가. 위태로운 벼랑 끝에서 시작할 수 있는가'. 피아노 의자에 앉은 그가 떨리는 목소리로 첫 음을 내뱉는다. 편지를 썼다 지웠다 했던 어느 밤. 기쁠 때도 슬플 때도 있겠지, 너무 매여 살진 말자고 적은 어느 밤. '바다를 건너, 은하를 지나'(「내 마음은 블루」) 네 마음에 닿기를 바랐다.

예술은 실패를 향해 있다. 어떠한 것도 완전히 재현할 수 없다. 진실은 보이는 것 너머에 있다. 게다가 하나가 아니다. 예술적인 게 있다면 일상의 아주 작은 면일 것이다. 우리가 말할 수 있는 건 결국 태도다. 일상을 세심히 살피고 낯설게 응시하는 게 예술의 태도가 아닐까. 이제 실패를 살아내고 싶다.

 복다진 정규1집 『꿈의 소곡집』

Track 9 「내 마음은 블루」

# 그것이 우리의 시작이고 우리의 끝

'이 세상 어딘가를 헤매었던 사람들'을 위한,
이상은『공무도하가(公無渡河歌)』

지난겨울은 이번 겨울보다 따뜻했던 것 같다. 지지난 겨울에는 식물을 들이러 온실에 갔다. 그동안 죽은 식물들도 많지만, 원래부터 크고 굵었던 것처럼 튼튼하게 자란 것들도 있다.

　　나는 모난 사람이다. 모난 사람의 시선으로 세상을 바라보면 도무지 마음에 드는 구석을 찾기가 어렵다.

　　정부는 2022년 10월 30일부터 일주일 동안 국가 애도 기간을 선포했다. 정부의 지침에 따라 문화·예술 행사가 잇달아 취소되거나 연기됐다. 우리는 다양한 애도의 방식이 있다는 걸 지난 참사들을 통해 경험했다.

예술을 매개로 죽음을 기억하며 슬픔을 살아내겠다고 했다. 잊히는 것을 기억하면 사라지지 않게 된다고, 찰나의 밝은 것들을 받아 적겠다고 한 적이 있다. 그러나 문학은 얼마나 무력한가. 무력하더라도, 계속해야 한다는 걸 안다. 더 큰 문제는 무력과 무능을 사유하지 않는 것이다.

동인을 결성하고 동료들과 뜨겁게 만나던 시기에는 아무것도 없었다. 단지 치기 어린 마음으로 많은 것을 미워했다. 시기하고 질투했다. 서울 답십리에 살 때였다. 동대입구역 앞에서 자취하던 동료 시인과 우리 집에서 술을 한잔했는데, 그가 그만 만취해버렸다. 그에게 너무 취했으니 자고 가라고 몸을 눕히려는데, 엄청난 힘으로 내 손가락을 꺾고선 집에 가겠다며 고집을 부렸다.

그는 참 고집이 셌다. 그 고집은 글쓰기에도 이어져, 문학에 관해선 타협하지 않고 자기 길을 묵묵히 걸어갔다.

어쨌건 매주 만나 서로의 작품을 읽어주던 시절, 그리고 잡지 약력에 '창작동인 뿔'을 처음 적었던 때, 몇몇 선배들이 동인 활동 같은 쓸데없는 짓은 하지 말고 시나 잘 쓰라고 했던 어느 호프집. 우리는 함께였다. 어느새 고향 친구보다 가까워졌고 형제처럼 막역해졌다. 그는 누구보다 시를 사랑하는 사람이었다. 시를 사랑해서 쓰는 게 재밌고 읽는 게 즐거운 사람이었다. 나는 글쓰기가 두려울 때마다 그를 떠올렸다. 그가 정신 차리라며 내 뺨을 힘껏 때린 어느 밤을 떠올렸다. 죽지 않고 살아서 슬픔을 기억하며, 쓰고 또 쓰겠다고 다짐했다.

이상은의 여섯 번째 정규 앨범 『공무도하가』는 '이 세상 어딘가를 헤매었던 사람들'(「보헤미안」)을 향한 헌사다. 우리의 성취가 우연에 지나지 않는다는 걸 일깨운다. 종종 살아 있다는 게 거짓말 같을 때가 있다. 시간이 흐르고 계절이 흐르고, '추억과 희망으로 가득 찬 방랑자'는 막다른 길에 이르곤 한다.

내가 어디에 서 있는지 아는 건 생각보다 어려운 일이다. 나도 모르게 내가 변하기 때문이다. 우리는 흘러가고 있다.

그것이 우리의 시작이고 우리의 끝이라는 걸 안다. 무심하게 작은 방 안에서 창대하고 빛나는 세계를 빚는 사람들이 있다. 이상은의 음악은 순환하는 이 세상을 노래한다. 침묵을 깨고 다른 목소리로, 시간의 강을 건너는 이를 목도하며 마음을 다한다.

　한 동료가 "같이 행복해지자"고 말했다. 부재는 존재 가치를 오롯이 드러낸다. 어떤 빈자리는 그대로 둬도 좋을 것이다. 길어질 것만 같은 이번 겨울, 사랑이 꽁꽁 얼어붙기 전에 소중한 이들에게 사랑한다고 말해야겠다. 지겹도록.

이상은 정규6집 『공무도하가』

Track 4 「공무도하가」

# 어린 시절 우리는 무슨 소원을 빌었을까

사랑과 슬픔과 한숨과 기도의 노래, 잔나비 『전설』

신정을 맞아 식구들과 구룡사에 가 소원을 빌었다. 눈 내린 산길을 걸으며 지난 1년을 돌이켰다. 시간이란 그저 인간의 개념이지만 새해에는 괜스레 싱숭생숭하다. 잘한 일보다 잘못한 일이 먼저 떠오른다. 행복했던 시간이 몸 깊이 박혀 있다가 불현듯 눈빛처럼 나를 비추면 좋겠다.

　　어릴 적 할머니 댁 마당에는 감나무 한 그루가 서 있었다. 겨울이 되면 잎이 다 떨어져 앙상한 나뭇가지에 잘 익은 감이 몇 알 덩그러니 남아 있었다. 겁많은 새들이 가지에 앉아 연시를 쪼아 먹고 갔다.

아버지는 칠남매 중 여섯째다. 형님이 네 분, 누님이 한 분, 남동생이 한 분 계신다. 할아버지는 아버지가 제대하고 얼마 후 돌아가셨다. 영정 속 대머리 할아버지는 엄한 표정이었다. 전쟁 중에 총상을 입었지만 다행히 살아남았다.

할아버지가 총을 메고 참호에서 뛰쳐나오는 모습을 상상한다. 두려웠겠지. 총알이 심장을 꿰뚫었다면 나는 이 세상에 오지 않았겠지.

삼대가 둘러앉아 떡국을 먹던 오래된 집은 이제 없다. 새집에는 사람이 별로 들지 않는다. 구순이 넘은 노인이 종일 창가에 앉아 하얗게 눈 덮인 텃밭을 바라본다. 당신은 손주 손을 꼭 잡고 말한다. 포도시 숨 쉬고 있다고.

포도시, 포도시….

한자리에 모여 늙은 어미는 자식의, 자식은 자기 자식의, 자식의 자식은 자기 안녕을 비는 것이다. 어린 시절 나는 보름달에 대고 행복하게 해달라고 빌었다. 행복이 무엇인지도 모르면서.

조선 팔도에는 소원을 빌다 돌이 된 사람이 있다. 돌이 될 때까지 소원을 빈 사람의 기원은 자기 것이 아니었다.

　　당신은 돌이 되고 있다. 남편 영정 앞에 앉아.

　　이야기는 입에서 입으로 전해진다. 잔나비의 두
번째 앨범 『전설』은 밤과 밤을 지새우며 아껴 부르는,
사랑과 슬픔과 한숨과 기도의 노래다. '긴 여운'과 '자라
나는 마음'(「주저하는 연인들을 위해」)이 지난겨울처럼 와
있다.

　　너는 이루고 싶은 게 없다고 했다. 이른 아침 눈떠
서 출근 준비를 하는 뒷모습이 분주했다. 퇴근하고 집
에 돌아온 네가 지쳐 쓰러졌다. 언젠가부터 우리는 대
화가 줄었다.

　　구룡사 처마에 눈덩이를 뭉쳐 삼층탑을 세웠다.
쌍둥이처럼 닮은 두 개의 탑이 반짝였다. 너는 '내 멋대
로 붙여본 꽃말'이고 '귓불에 찬란히 매달린'(「투게더!」)
우주이다. 눈이 펑펑 내렸다.

　　소설가로 산 지 반백 년이 넘은 선배는 어지러운
현실에 무력감을 느낀다고 하소연하는 내게 세상에 질
지언정 분노하라며 쓴소리를 했다. 뒷덜미를 잡힌 기분
이었다.

　　그동안 수없이 도망쳤다. 나를 둘러싼 것에서부터.

어쩔 수 없는 것들이 있다고 어물쩍 덮어버렸다.

'내일도 아무렇지 않게 떠오를 희망.'(「조이풀 조이풀」)

두 손 모아 기도했다. 도망치지 않겠다고.

자동차 앞창에 쌓인 눈을 녹인다. 집에 돌아갈 채비를 한다.

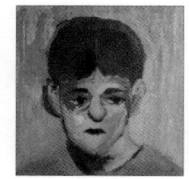

잔나비 정규2집 『전설』

Track 8 「주저하는 연인들을 위해」

# 나를 나라고 부를 수 있는 것

결코 세상을 버리지 않는, 전유동 『관찰자로서의 숲』

눈앞에 있는 것들이 너무 벅차서 그만두고 싶을 때가 있다. 그럴 때면 아무것도 하지 않고 가만히 시간을 허비하곤 했다. 어제가 꿈만 같고 오늘과 내일이 아득하게 느껴졌다.

문막읍 반계리에는 천연기념물로 지정된 은행나무가 있다. 수령을 분석한 결과 무려 1300년이 넘은 것으로 확인됐다. 오랜 시간 꿋꿋이 자리를 지킨 이 나무를 바라보고 있으면 생활의 일들이 덧없어 보인다.

세계 곳곳에 재난 이미지가 떠돌고 있다. 기후 위기를 비롯해 길고 긴 팬데믹과 전쟁 등이 눈앞에 있었다. 존재 의미에 대해 깊이 고민하는 한때다.

자라면서 많은 재난을 목격했다. 다섯 살 때 성수대교가, 여섯 살 때 삼풍백화점이 무너져 내렸다. 여덟 살 때는 나라가 부도났다. 부모님은 열심히 일했다. 함께 있던 기억보다 혼자 집을 지키던 기억이 더 많다. 급기야 나는 식당을 하던 외할머니에게 맡겨졌다. 일련의 사건들이 내게 어떤 영향을 끼쳤는지는 모르겠다. 말을 더듬었던 적도 있다. 학교에서 소리 내어 책을 읽을 때면 아이들은 웃음을 터뜨렸다. 그 시절 나는 무얼 하며 시간을 보냈을까.

전유동의 첫 정규 앨범 『관찰자로서의 숲』은 '나'라는 숲에 관한 기록이다. 올빼미가 길을 안내하는 이 숲은 참새가 지저귀고 억새가 바람에 흔들린다. 생명의 탄생과 죽음이 이곳에 있다.

'조금 더 나는 나로 살고 싶어'(「이끼」) 하고 노래하는 그는 '나'를 들여다보는 것을 포기하지 않는다. 듣는 이에게 용기를 내어 '나'와 마주하라고 말하는 듯하다. 그 숲에는 찬란히 빛나는 것과 칠흑같이 어두운 것이 공존한다.

예술을 한다는 건 무슨 의미일까. 예술을 하려는

사람은 어떤 사람일까. 많은 이가 예술가를 꿈꾼다. 그에 발맞춰 다양한 수업들이 열리고 있다. 모두 이 세상이 이상하다고 생각하는 것 같다. 나는 그것을 균열이라고 부른다. 모두가 일상에서 균열을 발견하고 있다.

더는 예술이 세상을 바꿀 수 있다고 생각하지 않는다. 바뀌는 것은 세상이 아니라 나였다. 세상은 계속해서 나를 변화시켰다. 그 변화 속에서 내가 진실한 사람이길 바랄 뿐이다.

전유동은 '너무 가까이 있어 돌보지 못하는 우리의 감정과 자연의 이야기를 노래'하는 음악가다. 그는 숲을 이루고 있는 우리의 현실을 사랑한다. 현실을 사랑하기 때문에 기꺼이 듣는 이에게 숲이 되어준다. 어제와 오늘 그리고 내일이 되풀이되는 세상을 결코 버리지 않는다.

그가 무대에서 노래하며 눈물 흘리는 걸 봤다. 한 사람이 마주하는 감정은 복잡하게 얽혀 있다. 기쁨과 슬픔을 이분법으로 나눌 수 없는 것처럼. 뒤섞인 감정을 노래하는 그를 보며 그의 노래가 닿고자 하는 곳이 어렴풋이 느껴졌다.

예술이 현실을 마주할 때, 현실의 것이 예술을 뛰

어넘을 때, 그래서 타협하고 말았을 때 비루함을 느끼곤 한다. 하지만 우리에겐 부른 노래보다 부를 노래가 더 많다고 믿는다. 언젠가 이 어둠이 익숙해질 거라고, 보이지 않던 것이 보이는 순간이 올 거라고.

전유동 정규1집 『관찰자로서의 숲』

Track 2 「이끼」

# 우리 앞에 와 있는 오래된 슬픔을 곱씹는다

사랑 없는 세상에서 사랑을 기다리는, 김사월 『디폴트』

네가 약을 삼키고 오른쪽으로 돌아누웠다. 우리 부부는 기복이 있는 편이다. 한쪽이 가라앉으면 다른 한쪽이 버팀목이 돼 끄집어낸다. 생애에 리듬이 있다면 서로 엇박자인 셈이다. 나는 낙관적이면서 비관적이다. 글쓰기를 천직으로 여기면서도 글을 쓸 때마다 매번 난항을 겪는다.

언젠가 네게 우울한 감정은 쉽게 옮아간다고 했다. 너는 자기가 아프면 나도 아프냐고 물었다. 나는 위로에 서툴다. 어떻게 위로해야 할지 몰라서 가만히 옆에 있는다. 아무 일도 일어나지 않은 것처럼 군다. 슬픔은 외면한다고 해서 사라지지 않는다. 마음 어디엔가 쌓이고 쌓이다 예기치 않은 순간에 터져 나온다.

을지OB베어 강제 퇴거를 막기 위한 현장 문화제에 참여했다. 을지로 노가리 골목 가득 플라스틱 테이블이 펼쳐져 있었다. 많은 사람이 왁자지껄 맥주를 마셨다. 그 사이 섬처럼 놓인 집회 현장에서 시를 읽었다. 갑자기 울음이 터져 나왔다. 옆을 지나며 험한 말을 쏟아내는 취객과 무관심한 사람들 때문이 아니었다. 그동안 쌓인 무수한 장소의 수없이 많은 사람의 슬픔과 외로움이 한꺼번에 밀려왔기 때문이다. 가까이서 멀리서 지켜보았지만 아무것도 하지 않은 내가 부끄러웠기 때문이다.

그동안 글을 쓰면서 나의 치부를 고백하는 데 골몰했다. 잘못을 되풀이하고 싶지 않았다. 글 뒤에 숨고 싶지 않았다.

여덟아홉 살 때였나. 방문을 걸어 잠그고 "엄마가 죽어버렸으면 좋겠어"라고 적은 쪽지를 문틈으로 밀어 넣었다. 그 뒤의 일은 기억나지 않지만 그 장면의 인상은 각인된 듯 또렷하다.

너는 근래 잠이 늘었고 나는 의욕을 잃었다. 거실

에 놓인 화병에는 종잇장처럼 잎이 마른 프리지어가 오래 꽂혀 있었다.

　김사월은 네 번째 정규 앨범 『디폴트』의 작가 노트에서 "사랑 속에서도 상처가 있음을 인정하고, 어둠 속에서도 빛을 기다릴 수 있는 깨끗한 마음이 우리의 디폴트가 되기를 바라는 소망"을 앨범에 담았다고 밝혔다. 우리는 이 어둠이 지나면 빛이 밝아올 거라고 믿었다. 네가 두 손으로 자동차 핸들을 잡고 공터를 천천히 도는 모습을 옆에서 지켜보았다.

　'앞으로 그렇게 살지 말자고 하지만 살기 위해 그렇게 살았을 뿐인데.'(「못 우는데」) 이 가사가 오랫동안 귓가에 맴돌았다. 아무런 다짐 없이 1년을 보내고 이번에는 기어코 뜻을 세우자며 적석사에 갔다. 낙조대에 올라 산자락을 바라보며 생각에 잠겼다. 너는 반복되는 일상이 지겹게 느껴진다고, 할 수 있다고 되뇌는 일상과 힘내자고 말하는 일상이 이제는 싫증 난다고 했다.

　자주 아픈 사람은 다른 사람의 고통과 감정을 잘 이해하고 감각한다. '나도 그렇고 세상도 쓸모없지만'(「외로워 말아요 눈물을 닦아요」) 우리 앞에 와 있는 오래된 슬픔을 곱씹는다.

김사월은 '사랑 없는 세상'에서 사랑을 기다리며 영원을 노래한다. 그는 이 세상에서 벌어지는 하고많은 부조리한 일에 분노하다 지쳐 체념하기도 하지만 사랑을 포기하지 않는다. 사랑하는 이에게 그 마음을 온전히 전할 수 있을까, 사랑한다는 말은 턱없이 부족한데, '널 슬프게 하는 널 힘들게 하는 세상을 베어버릴게'(「칼」) 하고 말하면 될까.

김사월 정규4집 『디폴트』

Track 6 「디폴트」

# 두려울 때도 마음을 다하고 싶다

낮은 담장 같은 노래에 귀 기울이던 나의 20대, 오지은 『지은』

타지 생활을 오래 한 탓에 터미널을 자주 오갔다. 사람들을 태우고 목적지로 향하는 버스를 바라보면 왠지 무엇이든 할 수 있을 것만 같은 기분이 들었다. 한번은 일 없이 터미널에 죽치고 있었다. 떠나는 사람도, 기다리는 사람도 아니면서 긴 의자에 앉아 줄지어 선 버스들을 바라보았다.

서울살이를 시작하며 얻은 첫 월셋집은 시장 근처였다. 시끌벅적한 골목을 지나 조금 걷다 보면 오르막길 초입에 다가구주택이 있었다. 이사를 자주 다녔지만 20대 때 머문 곳들은 죄다 비슷한 풍경이었다. 낯익은 걸음들. 기대할 것 없이 거리를 헤매다 일부러 멀리 돌아가는 길은 먹먹했다.

오지은의 음악은 내게 낮은 담장 같다. 어디로 가야 할지 몰랐던 20대가 담장 옆에 서 있다. '나의 이성 나의 이론, 나의 존엄, 나의 권위, 모두가 유치함과 조바심과 억지부림 속 좁은 오해로 바뀌는 건 한순간이니까'(「화(華)」) 하고 노래 불렀던 숱한 밤이 있다. '작은 방'에서의 기억이 펼쳐진다.

그 시절 나는 언제나 잘할 수 없다는 걸 알면서도 잘해야 한다는 압박감에 시달렸다. 도망치고 싶다는 생각에 이르렀을 때 자주 꿨던 꿈이 있다. 나는 죽었고, 흰옷을 입은 사람들이 상여를 메고 어디론가 가고 있었다. 내가 아는 사람은 없었다. 왜 나는 모르는 사람들과 있었을까.

사람과 사람의 거리는 아주 가깝다가도 저만치 멀어지곤 한다. 내게도 끊어진 끈들이 있다. 팽팽하게 나를 견디다 이제는 떠난 사람들이 있다.

'서른 살 형'은 연극배우였다. 나는 형이 머물던 극단에서 잠깐 조명을 달거나 무대 장치 등을 조립하고 해체하는 잡일들을 했다. 어느 늦은 밤 형이 차를 몰고

왔다. 차 안에서 형은 자기가 서른이 됐다고 했다. 서른이면 성공한 배우가 돼 있을 줄 알았다고, 사랑하는 사람과 가정을 꾸리고 집도 한 채 있을 줄 알았다고, 그런데 지금 자기는 무명 배우이고 가정은커녕 애인도 없다고 했다. 형이 좁은 길을 후진으로 빠르게 빠져나갔다.

다음 날 형은 야외무대에 섰다. 연극 〈오구〉에서 '저승사자 2' 역할을 맡았다. 우스꽝스러운 남근이 달린 바지를 입고 춤추고 노래했다. 나는 무대 뒤에서 형을 지켜보았다. 형은 땀을 뻘뻘 흘리며 혼신을 다해 연기했다.

형의 말은 내가 지쳐서 쓰러질 때마다 나를 채찍질했다. '서른 살 형처럼은 되지 말아야지' 생각했다. 무명이 아니라 유명의 삶을 살고 싶었다. 성공이 뭔지도 모른 채 성공하고 싶었다.

하루빨리 시인이 되고 싶었다. 큰 출판사에서 책을 내고 저명한 문학상을 받고 싶었다. 이것이 성공이 아니라는 것을 안다. 사랑받는 시인이 되는 것보다 좋은 사람이 되는 게 중요하다는 것을 이제는 안다.

오지은의 첫 앨범 『지은』은 심장박동 소리(「당신이 필요해요」)로 듣는 이를 맞이한다. 그 소리에 나는 '자그

마한 내 쉼터'(『작은 방』)들을 떠올린다. 예술은 대개 삶이다. 가끔 투쟁이고 이따금 아무것도 아니다. 삶이 보잘것없이 느껴질 때가 있다. 그러나 노래하는 게 두려울 때도 마음을 다하고 싶다. 어떤 삶이든 누군가에게 보여주기 위한 것이라면 그 삶은 불행하다. 다시는 구렁텅이에 나를 던지지 않을 것이다.

오지은 정규1집 『지은』

Track 2 「화(華)」

# 지지 않는 꽃 없고 피지 않는 꽃 없다

한 해의 끝에서, 부에나 비스타 소셜 클럽 『Buena Vista Social Club』

몇 년 전 모 대학에서 특강을 했다. 특강 제목은 '앞으로 잘할 것', 첫 시집에 실린 시에서 따온 거였다. 강의실 단상에는 탁자와 의자가 놓여 있었다. 나는 의자에 앉아 마이크를 입 가까이에 대고 이야기를 시작했다.

집으로 돌아가는 길, 말없이 버스 창밖을 내다보았다. 후회가 밀려왔다. 주제넘은 짓이었다.

강연은 질문과 대답으로 꾸려졌다. 미리 나눠준 포스트잇에 학생들이 질문을 적었다. 질문은 크게 두 가지 정도로 정리할 수 있었다.

하나는 글 쓰는 방법. 어떻게 답해야 할지 난감했

다. 내가 그 방법을 안다면 원고 마감일을 잘 지켰을 것이다. 한 편의 글을 탈고하면 막막해진다. 지금까지 패많은 글을 썼다. 매번 잘하고 싶었다. 욕심도 있었다. 좋은 글을 쓰겠다고 다짐하며 살았다. 그러나 자주 의도와 다른 쪽으로 흘러갔다.

흔히 글쓰기를 건축에 빗대곤 한다. 작가와 건축가는 하나의 건축물을 설계하고, 그것이 완성되면 누군가 그곳에 머물길 바라며 그곳을 떠난다. 그들이 지은 집에는 그들이 살지 않는다. 그들은 계속해서 새것을 만들어내야 한다.

다른 하나는 글 쓰게 된 계기. 초등학생 때는 숙제로 매일 일기를 써야 했다. 어제와 다를 바 없는 오늘을 적는 일이 지겹고 귀찮았다. 어느 날 담임선생님은 일기장에 일기 대신 시를 써도 된다고 했다. 나는 아무것도 모른 채 썼다. 행과 연을 나눠 일기장을 채웠다. 그때 쓴 것은 분명 시였다.

한 학생에게 메일이 한 통 와 있었다. 간략한 자기소개와 강연을 들은 소회가 적혀 있었다. 그는 글 쓰는 자세에 대해 깊이 고민하고 있었다. 좋은 글을 쓰기 위해선 좋은 마음가짐이 필요하다고 믿고 있었다. 그런데

몇 가지 사건으로 그의 믿음에 금이 간 것이다.

선善은 다양한 형태로 글에 나타난다. 아주 다른 모습으로 우리 앞에 설 때도 있다. 다르게 보고 다르게 말한다는 건 배제가 아니라 포용이다. 가장자리에 놓인 삶을 드러내고 안녕하냐고 묻는 것이다. 옳지 않은 걸 방관하지 않는 게 문학의 소명이라고 그에게 말하고 싶었다. 그런데 나는 그럴 자격이 있을까.

그는 덧붙였다. 너무 기대하며 살지 않겠다고.

기대하지 않는 삶은 글 쓰는 삶과 얼마나 멀까. 나는 언제부터 내게 기대하지 않았을까. 한 해의 끝에서 뒤를 돌아보았다. 비슷한 실수를 되풀이하고 있었다. 생활의 조급함과 이번은 다를 거라는 순진한 낙관이 마음을 아프게 하고 급기야 몸을 아프게 했다. 무엇을 얻고자 그 많은 밤을 지새우며 너를 외롭게 했을까. 그게 뭐든 손에 쥘수록 두려움이 커졌다. 어머님은 아내에게 전화해 꿈에 내가 나왔는데, 내 목소리가 어두웠다고 무슨 일 있느냐고 물었다.

그는 자신이 정이 많은 사람이라고 했다. 정을 주려고 하지 않으려 해도 어느 순간 정이 든다고 했다. 그게 사랑일지도 모른다고 적었다.

그가 물었다.

"도대체 무슨 마음으로 글을 써야 할까요?"

쿠바의 재즈 음악가 그룹 부에나 비스타 소셜 클럽Buena Vista Social Club의 이브라힘 페레르는 누구나 한 번은 꽃을 피운다고 말했다.

내게 그런 날은 "내 글은 비겁하지 않아요"라고 말할 수 있는 때가 아닐까.

De Alto Cedro voy para Marcané

알토 세드로에서 출발해 마르카네로 가네

Llego a Cueto, voy para Mayarí

쿠에토에 도착해 마야리를 향해 다시 길을 떠나네

_부에나 비스타 소셜 클럽, 「Chan Chan」

부에나 비스타 소셜 클럽 정규1집
『Buena Vista Social Club』

Track 1 「Chan Chan」

# 다음에는 꼭 보자

새로운 꿈을 찾아 떠나는 너에게 들려주고 싶은, 권나무 『새로운 날』

오래된 친구에게 전화가 왔다. 두어 달 외국에 나가니 그전에 얼굴 한번 보자는 거였다. 지금은 제주에 자리를 잡은 그와 잠깐 같이 지낸 적이 있다. 아버지 형제들이 합심해 가양동에 장어집을 열었을 때였다. 그는 강원도 어느 리조트에서 일하고 있었는데, 비수기에는 일이 적어 이직을 고민하던 차였다. 집안 식구들은 꿈에 부풀어 있었다. 청사진을 가슴에 품고 열심히 일했다. 친구도 서울로 올라와 장어집에 합류했다. 나도 회사 일이 끝나면 가게에 가 일을 도왔다. 꿈은 오래가지 않았다. 누군가 장어 손질을 배워야 했는데 처음 생각했던 것과 달리 손질이 까다로웠다. 몇십 년 동안 장어 손질을 한 어르신이 기술을 가르쳤지만 그 누구도 재주가 없었다.

친구는 자기 가게를 여는 게 꿈이었다. 학창 시절에는 요리 학원에 다니며 조리사 자격증을 땄다. 그러다 느닷없이 모델이 되겠다며 모델과에 갔다. 동기들이 크고 작은 패션쇼에 오르는 동안 그는 거울 앞에서 워킹 연습을 거듭했다.

생각해보면 그는 나와 정반대의 사람이었다. 그는 어릴 때부터 키가 크고 운동을 잘해 주변에 친구들이 많았다. 초등학교 3학년 때 전학 온 나는 고집불통인 성격 때문에 친구들과 다툼이 잦았다. 한번은 복도에서 덩치 큰 친구와 주먹질을 했다. 벅찬 상대였다. 실컷 두들겨 맞고 있을 때 그와 눈이 마주쳤다. 그때 그 눈빛이 아직도 생생하다.

우리가 이렇게 다른 길을 가게 될 줄은 몰랐다. 같은 아파트 단지에 살았던 우리는 학원을 마치고 매일 붙어 다니며 이런저런 얘기를 했다. 그는 자주 미래에 대해 말했다. 얼른 어른이 돼서 꿈을 이루고 싶다고 했다. 스무 살이 넘고서 드문드문 소식을 전하는 사이가 됐지만, 그와 있으면 왠지 마음이 편안했다.

　　그가 장어집을 그만둘 무렵에는 가게 사정이 이미 어려워져 있었다. 집안 식구들도 하나둘 손을 뗐다. 아버지도 돈을 잃고 고향으로 돌아갔다. 그는 퇴직금으로 제주도에 간다고 했다. 집 앞 호프집에서 한잔하며 그에게 미안한 마음을 건넸다. 그는 참 꿈이 많았다. 꿈을 향해 주저 없이 덤벼들었다. 제주도에서 돈을 모아 대학 후배와 의류 쇼핑몰을 열겠다고 했다. 그 후배가 벌써 동대문에서 일을 시작했다며 사업 계획들을 들려줬다.

　　그가 제주도에서 일하고 있을 때 몇 번 제주도에 갔다. 그때마다 시간이 맞지 않아서 만날 수가 없었다. 이번에도 마찬가지였다. 그가 서울에 왔다고 연락해왔을 때 나는 해남에 있었다. 모처럼 마음먹은 겨울 여행이었지만, 여행 내내 폭설로 길이 얼어붙어 옴짝달싹할 수가 없었다.

　　새로운 꿈을 찾아 떠나는 그에게 들려주고 싶은 노래가 있다. 권나무의 세 번째 정규 앨범 『새로운 날』을 듣고 있으면 우리의 지난날이 떠오른다. '특히 이 밤, 아무도 없는 강가를'(「자전거를 타면 너무 좋아」) 함께 달리던 때가, 대시보드에 두 발을 올리고 미래를 가늠해 보던 한 겨울날이 떠오른다. 어느새 깊어진 저녁에 실패한 날들은 덮어두고, 우리는 가만히 날이 밝길 기다렸다.

　그가 말했다. "다음에는 꼭 보자"고.

　새해에는 좀 더 다정한 사람이 되고 싶다. '후회들로 길을 잃어도 괜찮아. 모두 다 사랑을 찾아갈 거야'(「사랑을 찾아갈 거야」) 하고 다정한 마음으로 노래하는 사람이 되고 싶다.

권나무 정규3집 『새로운 날』

Track 4 「새로운 날」

# 우리가 잊은 게 무얼까

과거를 이끌어 오늘을 바로 보게 하는,
너드커넥션 『New Century Masterpiece Cinema』

며칠 동안 지독하게 아팠다. 일정들을 미루고 종일 집에 있었다. 아침, 점심, 저녁 약을 챙겨 먹으며 고요하게 일렁이는 공허와 마주했다. 삶이 시시해질 때마다 새 일기장을 사곤 했다. 매일 단 몇 줄이라도 하루를 기록하기로 다짐했지만 길어야 몇 달이었다. 쓰다 만 일기장이 여러 권 있다.

일기장에는 글쓰기에 관한 생각들이 가득 적혀 있다. 오래도록 쓰는 사람으로 남고 싶다. 그런데 이상하게도 쓰면 쓸수록 어려워진다. 쓰고 싶었던 것이 무엇이었는지조차 희미해질 때면 위대한 작가들의 삶을 떠올린다.

동네 사람들과 하는 독서 모임에서 서른 살 생일을 앞두고 갑자기 세상을 떠난 시인의 유고 시집을 읽었다. 그가 견딘 세상의 권태를 가만히 내다보고 있으면 나와 같은 해에 작품 활동을 시작한 시인 선배가 생각난다.

우리가 삼청동 어느 호프집에서 나눴던 대화들은 사실 시시껄렁한 것들이었는지 모른다. 그저 환하게 웃던 선배의 천진난만한 얼굴만이 또렷하다. 장례식장에 놓인 선배의 영정 사진도 웃는 모습이었다.

지나간 시간이 낯설다.

내가 사랑했던 것 모두 낯설다.

너드커넥션의 첫 정규 앨범 『New Century Master piece Cinema』는 마음속 깊은 곳 나도 모르게 놓인 어느 날을 되새기게 한다. 흘러간 사람들과 잊힌 약속들은 사라지지 않고 우리 곁에 머문다. '우린 노래가 될 수 있을까' '함께 지새운 밤을 모두 기억할 수 있을까'(「우린 노래가 될까」)라고 노래하는 이 앨범은 듣는 이를 과거로 이끌어 오늘을 바로 보게 한다. 내가 잊어버린 건 무엇일까.

서울 보문동에 있던 작은 출판사에서 문인 선배들과 함께 일했다. 내부 사정이 복잡했던 곳이었다. 서로 의지하며 하루하루 버티는 마음으로 일했다. 그때는 참 힘들었던 것 같은데 되돌아보니 아무렇지 않다. 한번은 같이 일했던 소설가 선배한테 가끔은 그때가 그립다고 너스레를 부렸다. 선배는 웃으며 시간이 약이라고 했다.

그 시절 선배는 자기가 아무것도 아니어서 슬프다며 엉엉 울었다. 회사 사정이 안 좋다는 이유로 대표가 우리 중 한 명은 그만둬야 한다고 말한 날이었다. 너희끼리 상의해서 그만둘 사람을 정하라고 했다. 어처구니없는 상황에서 우리가 내린 결정은 다 같이 그만두는 거였다. 각자 자리에서 사직서를 썼다. 대표는 마지막 회의 자리에서 내려놓을 줄 알아야 한다고 했다. 그때 나는 이 일이 내 생활인데 생활을 어떻게 내려놓느냐고 물었다.

겨울날 나는 너와 호수를 걸었다. 그다음 겨울날에도 걸었다. 우리는 모르는 사이 변해 있었다. 사랑이 우리를 아프게 하는 순간이 있다. 바라던 모양과 다를 때도 있다. 그럴 때면 이것도 사랑인지 의심하게 된다. 그럼에도 '인간은 왜 사는가?' 물었을 때 그 답은 사랑

밖에 없는 것 같다. 무언가를 사랑하지 않으면 사는 의미가 희미해질 것 같다. 사랑하지 않으면 노래할 이유도 없다.

너드커넥션의 음악은 자꾸만 '그 많은 후회들'과 '그 많은 미움들'(「Life Dancing」)의 밤으로 나를 이끈다. 아픈 시간이 지나면 나는 더 단단해질까. 어디로 가게 될까. 여전히 같은 고민을 하고 있을까.

너드커넥션 정규1집
『New Century Masterpiece Cinema』

Track 11 「Life Dancing」

# 어떤 미래가 닥치더라도

밀려오고 밀려가는 파도처럼 손짓하는, 새소년 『여름깃』

글을 쓰기 전에는 목욕재계하듯 몸과 마음을 깨끗이 하면 도움이 된다고 했던 선배가 있다. 어질러진 책상이 떠올라 돌아가면 청소부터 해야겠다고 생각했다. 언제나 새 마음이라면 두려울 게 없을 테다.

　　가족들과 지세포에서 유람선을 타고 지심도로 향했다. 갑판 위에서 바람을 맞으며 선미를 쫓는 갈매기들을 구경했다. 장인어른이 말씀하셨다. 딸과 사위에게 활짝 핀 동백을 보여주고 싶어서 계획한 여행이었다. 숲길을 다 걷는 데 두 시간이 걸린다고 했다.

　　아내와 나는 배 시간에 맞춰 선착장에 갈 요량으

로 산책로 중간에 있는 몽돌해수욕장에서 시간을 보냈다. 아내가 신발을 벗고 돌 위에 누웠다. 그 옆에 앉아 조용히 책을 펼쳤다. 밀려오고 밀려가는 것들에 상념을 흘려보냈다. 몽돌 구르는 소리가 났다.

섬에 핀 꽃들은 육지 것보다 작았다. 온통 붉은색으로 물든 모습을 내심 기대한 장모님은 해안 도로에서 본 것들이 더 크고 화려하다며 웃으셨다. 나무들이 우거져 산길이 그늘져 있었다. 식물들의 생장 리듬은 끝없이 성장하려는 인간에게 영감을 불어넣는다. 멈출 줄 안다는 점에서 더욱더 그렇다.

현대인의 삶은 욕망으로 가득 차 있다. 끊임없이 더 나은 것을 탐한다. 한 시인이 어느 대담에서 시인으로서의 자기 수명이 다했다는 식으로 말했다. 생애 주기처럼 창작에도 시작과 끝이 있는 거였다. 몇 번의 변곡점을 지나 휴지기를 맞는 것이다.

10여 년 전 나는 자신만만했다. 마르지 않는 샘처럼 빛나는 것들을 쏟아낼 자신이 있었다. 그동안 수백 명의 신인이 등장했고 수백 권의 새 시집이 세상에 나왔다.

예술의 세계는 숲과 같다. 예술가와 예술가가 영

향을 주고받으며 생태계를 이룬다. 내가 욕심내는 것은 내게 없는 것들이다. 이제는 그 시인의 말을 이해할 수 있다.

새소년은 "지금 우리 앞에 있는 가장 새로운 물결"이라는 슬로건을 내걸고 우리 앞에 섰다. 첫 번째 EP앨범 『여름깃』을 수없이 돌려 들으며 감탄과 질투 사이를 넘나들었다. 새소년의 음악은 세련된 형식에 깊은 정서가 담겨 있다. 그 멋이 듣는 이의 마음을 흔든다.

많은 예술가가 형식과 내용에 관해 고민했다. 삶에서도 마찬가지다. 우리는 무수한 형식과 내용 속에서 살아간다. 그것들은 고정된 것이 아니라 변화하는 것이다. '사람은 변하지 않는다'는 말은 어쩐지 쓸쓸하다. '수상한 밤들이 계속되던 날 언젠가부터 나는 좀 달라졌다'(「긴 꿈」)고 하는 가사에 마음이 동하는 이유다.

모 도서관에서 특강을 하던 중 객석에서 우리 사회가 직면한 몇몇 문제에 관해 물어왔다. 오래 망설이다 나는 상상력이 부족한 사람이라고 답했다. 그러곤 덧붙였다. "상상력이 절실한 때입니다."

나는 꿈꾼다. 다른 예술과 다른 세상을.

꽃이 피고 진다. '우리가 가만히 손가락 사이로 흘

리워 보냈던 지금은 이미 타올랐구나.'(「새소년」) 많은 것이 변했지만 변하지 않은 것은 무엇이고, 그것은 왜 변하지 않았는지 깊이 생각해봐야 한다. 숨을 크게 들이마시고 내쉰다. 어떤 미래가 닥쳐오더라도 두려움을 떨쳐내고 이 계절을 지나고 싶다.

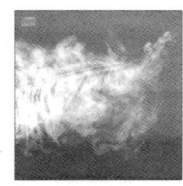

새소년 첫 EP앨범 『여름깃』

Track 2「긴 꿈」

# 산 자는 죽은 자의 이야기를
# 전해야 한다

이제 그만 전쟁을 멈추자고, 강산에 『나는 사춘기』

살레 알란티시Saleh Al-Rantisi는 팔레스타인 가자 지구에서 나고 자랐다. 2년 전인 스물다섯 살 때 한국에 왔다. 나는 지인의 소개로 그를 알게 되었다. 화면으로 처음 얼굴을 보았다. 그는 차 안이었다. 모 일간지에 팔레스타인 난민 이야기를 실으려고 한다고, 네가 겪은 일을 편한 방식으로 써주면 번역해 전하겠다고 했다. 그는 고개를 끄덕였다. 나중에 그가 중고차 매매 단지에서 일한다는 것을 알게 됐다.

A4 두 쪽 남짓한 글에는 죽은 사람의 이야기가 빼곡했다. 첫 번째 폭격의 기억은 다섯 살 때였다. 폭격이

시작되고 그가 살던 집은 마구 흔들렸다. 가자시티에서 태어났다는 이유로 네 번의 전쟁을 겪어야 했다. 그의 가족은 여러 나라로 뿔뿔이 흩어졌다. 수많은 포탄에도 불구하고 그는 살아남았다.

일을 끝내고 자동차 운전석에 앉은 그의 모습. 두 손으로 스마트폰을 쥐고 기도하듯 지난 일을 적는 그의 모습. 사방이 점점 어두워지고 있다.

그는 어둠 속에서 살았다고 했다. 전기가 끊기고 연료가 부족해 다친 사람들이 치료받지 못하고 죽는 것을 보았다고 했다. 그의 고통 앞에서 말문이 막혔다.

그가 활동하는 시민 단체의 평화 포스터 전시가 우리 마을 책방에서 열렸다. 마을 사람들이 모여 그의 이야기에 귀를 기울였다. 국경이 봉쇄되고 공항이 폐쇄된 그의 고향. 모든 것이 파괴된 그의 고향. 그는 책방에 오는 길에도 끔찍한 뉴스를 들었다고 했다. 구호품 트럭에 몰려든 사람들을 향해 이스라엘 군인들이 총격을 가했다는 보도였다. 100여 명의 시민이 목숨을 잃은 참사였다. 그는 전쟁이 자기 삶을 어떻게 바꿨는지 말했다.

내가 사는 파주는 북과 접한 국경도시다. 종종 차를 몰고 임진각에 간다. 드넓은 잔디밭과 탁 트인 풍경이 마음을 편안하게 하는 곳이다. 매년 11월에는 장단콩 축제가 열린다. 여러 읍면동 부녀회가 나와 간이식당을 연다. 눈앞의 풍경은 너무나도 아름답지만 평화가 깨지면 가장 먼저 위험이 닥칠 곳이다. 삶과 죽음은 손바닥처럼 붙어 있다.

강산에의 두 번째 정규 앨범 『나는 사춘기』에는 다양한 주제의 곡이 담겨 있다. 그중 「더 이상 더는」은 '전쟁으로 인해 억울하게 죽어간 수많은 영령들에게' 바치는 노래이다. 그는 이 노래를 통해 '무엇이 옳고 또 무엇이 틀린 건가' 묻는다.

전시 부대 행사로 마을 낭독회가 있었다. 12명의 마을 사람이 평화에 관한 시를 읽는 자리였다. 마을 사람 한 분이 팔레스타인 시인 리파아트 아르아리Refaat Alareer의 시 〈내가 죽어야 한다면If I Mist Die〉을 낭독했다. 1979년 가자 지구에서 태어난 리파아트는 글쓰기의 힘을 믿었다. 영국에서 영문학을 공부한 그는 고향에 있는 가자이슬람대학교에서 학생들에게 문학을 가르쳤다. 그는 2023년 12월 6일 가자 지구 공습으로 생을 마감했다.

살레는 그의 강의를 들은 적이 있다고 했다. 불과

넉 달 동안 3만여 명이 사망하고 7만여 명이 부상당하고 7000여 명이 실종됐다는 집계에는 한 사람 한 사람의 이야기가 빠져 있다고, 살아 있는 자는 죽은 자의 이야기를 전해야 한다고 했다.

전쟁을 바라는 건 누구인가. '더는 누구를 위한다고는 말하지 마'라고 노래하는 강산에는 이제 그만 전쟁을 멈추자고 부르짖는다. 행사를 마치고 몇몇 사람들과 함께 밥을 먹었다. 살레도 동행했다. 음식을 나눠 먹으며 소소한 이야기들을 나눴다. 많이 웃었다. 잿빛 도시가 아주 멀리 있는 것처럼 느껴졌다. 집으로 돌아가는 길. 이런 생각이 맴돌았다.

나는 무얼 할 수 있나. 무얼 할 것인가.

강산에 정규2집 『나는 사춘기』

Track 5 「더 이상 더는」

# 내가 되려던 건 뭐였을까

유예된 꿈과 연체된 마음, 9와 숫자들『유예』

친구 차에 짐을 싣고 서울을 떠나던 때를 기억한다.

웬만한 세간살이는 내다 버려야 했다. 대학을 마치고 취직할 때까지 큰아버지 독서실 일을 도우며 생활하기로 했다. 독서실 계단을 올랐다. 책상들이 놓인 방 한 칸을 거처로 삼았다. 한쪽 책상에 책들을 꽂아두고 비키니 옷장에 옷가지를 걸었다. 베란다에 샤워부스가 놓이기 전에는 근처 헬스장에 가 몸을 씻고 학교에 갔다.

한번은 고무대야를 주워 와 베란다에 뒀다. 사람 한 명이 들어갈 정도로 컸다. 대야에 따뜻한 물을 담아 반신욕을 하며 앞으로의 일을 생각했다. 말하자면 나는

'수석 총무'였다. 함께 일할 총무를 구하거나 가끔 일할 사람이 없을 때 자리를 지켰다. 몇몇 총무는 집을 나와 지낼 곳이 마땅치 않았다. 삼수했던 친구는 집에 있는 것이 눈치가 보여서, 공무원 시험을 준비했던 강원도 친구는 방 구할 돈이 없어서, 나와 같이 방을 썼다.

모두 그곳을 떠나려고 애썼다. 따지고 보면 나는 돌아온 셈이었다. 광명 사거리 쪽에서 태어나 초등학교 3학년 때 익산으로 이사했다. 익산에서 안양, 수원, 서울을 거쳐 다시 광명에 온 것이다.

독서실에서 언덕을 넘어 조금 더 가면 내가 살던 동네가 나온다. 광명시장 방향으로 돌계단이 길게 이어져 있는 곳이다.

한번은 아버지가 반지하 단칸방의 창문을 가리키며 어머니와 그 집에서 처음 시작했다고 말했다. 내가 태어나고 얼마 후 우리 가족은 방 두 칸짜리 빌라로 이사했다. 한 칸은 하숙을 놓았다. 분명 누가 살았을 텐데 기억나지 않는다. 어머니가 내일이면 네 방이 생긴다고 속삭였던 때만 또렷하다.

그 시절 부모님이 도시살이에 안간힘을 다하는 동안 나는 이웃들 손에 자랐다. 기억에 남는 일이 하나 있다. 여느 때와 같이 골목에서 놀다가 친구 따라 친구 집에 갔다. 아무렇게 신발을 내팽개치고 거실에 들어서니 러닝셔츠를 입은 아저씨가 텔레비전을 보고 있었다. 나는 놀라서 자리에 가만히 서 있었다. 남의 집을 제집 드나들 듯하면 안 된다며 크게 혼이 났다. 친구와 나란히 무릎 꿇고 앉아 벌을 섰다. 여름에는 집집이 현관문을 열고 지내던 시절이었다.

단짝 친구가 살던 단독주택은 허물어지고 그 자리에 원룸 건물이 들어섰다. 전학을 가서도 종종 그 아이를 그리워했다.

대학을 졸업하고 나는 곧장 작은 출판사에 들어갔다. 도망치듯 독서실을 떠났다. 계속해서 도시와 도시를 옮겨 다녔다. 9와 숫자들의 EP앨범 『유예』를 들을 때면 머물렀던 도시들과 멀어진 사람들이 떠오른다. '작은 조약돌이 되고 말았네' 하고 시작하는 표제작 「유예」가 마음 한구석을 쿡쿡 찌른다.

'유예'된 꿈과 '연체'된 마음.

바위처럼 크고 단단해서 더는 떠밀리지 않는 사람이 되고 싶었다. '비가 와도 내겐 우산이 없어 흠뻑 젖은 채로 혼자 걷던 어느 날엔가'(「그대만 보였네」) 하는 가사가 꼭 나와 같다고 생각했다.

　무엇 때문이었는지 가물가물하지만 오래전 어느 육교에서 한 친구와 언성을 높이며 싸웠던 때가 있었다. 마음의 여유가 없다는 이유로 그 관계에서 달아났다. 다른 사람이 된 것마냥 굴었다.

　내가 되려던 것은 뭐였을까.

　어느새 짐이 늘었다. 비가 내리고 꽃잎이 날린다.

9와 숫자들 EP앨범 『유예』

Track 3 「유예」

# 단 한 명을 위한 노래

세상의 바깥에서 날것의 미학을 선언하는, 이승윤 『꿈의 거처』

대학 시절 내내 외톨이였다. 입학하고 곧장 입대하는 바람에 친구 사귀기가 어려웠다. 자꾸만 겉돌았다. 군대에서도 마찬가지였다. 그나마 초소 근무 때는 버틸 만했다. 선임이 조는 동안 주위를 살피며 손바닥에 몰래 글을 적었다. 글자들이 팔목을 지났다.

　대학에서 창작 수업을 들었을 때였다. 수강생들이 돌아가며 단편소설을 제출하고 합평하는 식의 수업이었다. 내가 제출한 소설의 제목은 '눈의 높이'였다. "몇 번씩이나 쌓인 눈의 높이를 물어보았네" 하는 마사오카 시키의 하이쿠에서 따온 것이었다. 어느 젊은 남자의

실종을 다룬 이야기였다. 경찰과 그의 부모가 그가 남긴 흔적을 쫓아 산에 오르지만, 아무것도 발견하지 못한 채 이야기가 끝난다.

한 학생의 평이 기억에 남는다. 그 학생은 이 소설에서 어떠한 희망도 찾을 수 없다며 누가 시간을 들여 이런 이야기를 읽겠느냐고 직설했다. 이전에도 비슷한 평을 듣곤 했다. 허무주의에 빠져 삶을 체념하고 있다고. 나는 절망을 노래하러 온 게 아니었다.

한 명의 독자. 어딘가에 있을 그 사람의 존재를 믿었다. 그 믿음으로 글쓰기를 포기하지 않았다. 소설 '눈의 높이'는 설산을 오르며 구상한 거였다. 스무 살 무렵 오랜 친구와 아이젠을 한 쪽씩 나눠 차고 산에 올랐다. 눈길에 미끄러지고 넘어지며 정상에 다다랐다. 바람이 거세게 부는 표지석 앞에 서니 온 세상이 하얗게 보였다.

그 시절 나를 떠올리면 다른 사람 같다. 몇 달을 방에 틀어박혀 나를 미워하고 있을 때 아버지가 방문을 두드렸다. 충혈된 눈으로 나를 밥상에 앉혔다. 문학에는 문외한인 아버지가 "글쟁이에겐 근성이 있어야 한다"고 말했다. 나는 차오르고 비워지는 술잔을 말없이 바라보며 마른 오징어를 오래 씹었다.

친구는 불투명한 앞날이 불안하다고 했다.

"견디고 또 견딜 뿐 다른 방법은 없어. 묵묵히 쓰는 게 나의 운명이야."

그의 언어에는 슬픔과 외로움이 짙게 묻어 있었다. 나는 글 쓰는 생활을 지속하기 위해 나를 몰아붙였다. 쉽지 않다는 말을 달고 살았다. 그러다 도망치고 싶었던 때 그는 파도를 타는 사람의 이야기를 들려줬다. 너무 젊어지고 살지는 말자고.

파도를 자기 것으로 만든 사람의 이야기.

나는 파도 앞에 서 있다.

이승윤의 두 번째 정규 앨범 『꿈의 거처』는 '길 같은 건' '잃어도 상관없'다고 이 세상에는 진리 같은 건 없다고 노래한다. 그럴듯한 것을 쫓아 삶을 완성하고 싶었다. 주어진 관문들을 넘고 넘어 근사한 누군가가 되고 싶었다. 이름을 얻는 것보다 중요한 것은 내가 되는 것임을 뒤늦게 알았다. 이제 다른 누구도 되고 싶지 않다. 그저 단 한 명을 위해 노래하고 싶다.

한 사람을 위해 '기도보다 더 아프게' 노래하는 이승윤은 이 세상의 '울타리' 바깥에서 '날것의 미학'(「야생

마」)을 선언한다. 나를 살게 하는 것은 결코 '박제된 정답'(『꿈의 거처』)이 아니다. 길을 헤매다 지쳐 쓰러졌을 때 홀연히 나타나는 길이 있다. 그 길의 끝에는 네가 있을 것이다.

이승윤 정규2집 『꿈의 거처』

Track 4 「꿈의 거처」

# 너의 말투로 때아닌 여름을 불러줄게

끝없이 울려 퍼지는 청춘의 소리, 아이몽 『청춘의 익사이트먼트』

고등학교 때 문학 동아리에서 그 애를 처음 만났다. 두 학년 아래였다. 신입 회원 가운데 유독 명랑한 친구였다. 봄꽃처럼 웃으며 분위기를 이끌었다. 한 달에 한 번 동아리방에 모여 선배 회원이 후배 회원의 작품을 합평해줬다. 되돌아보면 자기도 모르는 것들을 아는 체하며 주워들은 것들을 늘어놓는 것에 불과했다. 어렴풋이 그때의 분위기가 떠오른다. 왠지 동아리방은 어두컴컴했다. 창문 사이로 한 줄기의 빛이 잠깐 비치곤 했다.

졸업하고 몇 년 동안은 그 애와 연락을 주고받았다. 무슨 대화가 오갔는지는 가물가물하다. 보통 후배들은 대학 입시에 관해 물어왔다. 그 애도 다르지 않았을 것이다. 학교 근처에서 동창 모임을 하거나 가끔 안양에 들를 때 그 애와 만났을지도 모른다. 붙임성이 좋은 애였다. 종종 소식을 전해 들었다.

내가 다니던 학교에선 과 학생들이 으레 시나 소설을 써야 했다. 그렇지만 대학에 진학하고 글쓰기를 그만두는 친구들이 많았다. 그 시절에는 몰랐지만, 이 세상에는 글보다 중요한 것들이 많다. 그런데도 그 애는 계속 시를 썼다. 이따금 시를 보여줬다. 그러다 연락이 끊겼다. 기억이 뒤죽박죽돼 느낌만 남아 있다.

내가 서른이 되던 해, 그 애의 부고를 접했다.

그전에도 또래들의 부고가 있었다. 어울려 다니던 친구가 갑자기 떠났을 때 내가 그에 관해 아무것도 모르고 있었다는 사실을 뼈저리게 느꼈다.

죽은 자는 살아남은 자의 기억에서 살아난다.

그 애가 떠나고 뒤늦게 그 애가 남긴 시들을 찾아 읽었다. 한 편의 시가 생각난다. 꽁치잡이를 하는 아버지 이야기였다. 어디까지가 경험한 것이고 어디부터 지어낸 이야기인지 알 수 없지만, 그 시에서 '아버지'는 돌아오지 않고 팔딱팔딱 뛰는 꽁치들을 실은 배만 항구에 닿는다.

아이묭Aimyon의 첫 정규 앨범 「청춘의 익사이트먼트青春のエキサイトメント」에 수록된 「살아 있었구나生きていたんだよな」는 '바람 되어 아득히 멀리 희망을 끌어안고 날았던' 이를 노래한다. 그는 묻는다. '새로운 무언가가 시작하는 때 왜 사라지고 싶어지는 걸까?' 하고.

청춘이라는 말은 젊은 시절을 지난 이가 그때를 회상하며 이름 붙인 날이다. 시간이 빨리 지나가길 간절히 바랐다. '그래도 살자'는 말은 얼마나 무책임한가. 나는 울음을 그치지 않는 너를 끌어안고 괜찮아지는 때가 올 거라고, 분명 올 거라고 되뇌었다. 그 지난한 여정에서 헤아릴 수 없을 만큼 많은 것을 지나치고 놓치며 포기하게 되더라도 우리에게는 삶이 있다고.

시인 이용악의 말을 빌려 '두어 마디 너의 말투로 때아닌 여름을 불러줄게' 하고 고백하는 새벽, 「표백漂白」을 조용히 따라 부른다.

'사람은 반드시 후회하게 돼. 그러면서도 사랑하고 싶다고 생각해.'

'시란 무엇인가' 질문하는 내게 한 선배는 '무엇이 시가 될 수 있을까' 물으라고 했다. 그 말이 '삶은 무엇인가'가 아니라 '무엇이 삶이 될 수 있을까' 묻는 태도처럼 들렸다.

네게 무엇이든 삶이 될 수 있다고 말해주고 싶다.

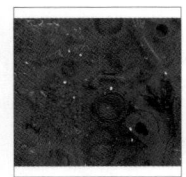 

아이묭 정규1집 『청춘의 익사이트먼트』

Track 2 「살아 있었구나」

# 할머니는 다 괜찮다고 말했다

'오늘을 위해 살아가야지' 노래하는 마음, 조용필 『Road to 20-Prelude 2』

한 사람의 일생을 적은 전기傳記를 즐겨 읽는다. 먼저 산 사람의 삶은 큰 가르침이 된다. 사랑하는 시인들의 연보를 외며 내 나이와 견줘보곤 했다. 이른 나이에 훌륭한 작품을 남기고 홀쩍 떠난 천재들을 시샘했다. 그들처럼 되고 싶었다. 함께 문학을 하던 친구들 가운데 한두 명은 우스갯소리로 서른 전에 명작을 남기고 요절하겠다고 말하며 술잔을 기울였다. 시간이 흘러 우리는 뿔뿔이 흩어졌다.

세 번째 시집을 준비하는 동안 죽은 시인들의 시집을 자주 읽었다. 일제강점기에 태어나 태평양전쟁과 한국전쟁을 겪은 시인은 모진 풍파를 온몸으로 맞으며 시를 썼다. 그도 나와 마찬가지로 삶이 버거웠을 것이다. 연월순年月順으로 적힌 간략한 기록들의 행간을 어루만진다. 다른 삶의 궤적을 되짚으며 '나였다면 어떻게 했을까?' 자문해본다.

우리는 이전보다 더 나아져야 한다는 강박에 시달린다. 실제로 사람들은 계속해서 성장해야 한다고 믿고 있다. 작년보다 올해가 나아야 하고, 올해보다 내년이 나아야 하는 식이다. 내가 기준이기 때문에 '나'를 넘어야 한다. 뒷걸음질하면 금세 도태됐다고 여긴다.

그래서 인간은 어떠한가. 인류는 정말 진보했는가.

할머니는 고관절 수술을 하고 외출이 줄었다. 남의 밭에서 일꾼으로 일하며 부지런히 지내시던 분이었다. 거동이 불편해지고 잠이 늘었다. 종일 마당에 놓인 의자에 앉아 시간을 죽인다고 했다.

당신은 내가 사랑하는 시인과 같이 일제강점기에 태어났다. 시인은 오래전 세상을 떠났지만 당신은 지금까지 살았다. 칠남매를 낳아 기르며 자식들한테 손 벌리지 않고 살았다. 구순을 지나 정신을 잃지 않고 상수에 가깝게 살았다.

나는 당신에 대해 아는 것이 별로 없다.

새 시집을 묶으며 할머니 생각을 많이 했다. 전쟁에 대해 생각하면 그 끝엔 항상 할머니가 있었다. 당신 몸에 깃든 기억을 내가 이어받은 셈이다.

조용필의 EP 앨범 『Road to 20-Prelude 2』는 스무 번째 정규 앨범으로 향하는 전주곡이다. 그는 55년 동안 19장의 정규 앨범을 냈다. 형식적 실험을 멈추지 않았다. 타이틀곡 「Feeling Of You」는 입고출신入古出新의 모범이다. 음악가의 삶이 내용이 돼 듣는 이에게 깊은 여운을 남긴다. '떠나고 나서 보면 별게 없었어'라고 노래하는 그는 '나는 어디에 있고 우리는 어디로 가는지' 계속해서 묻는다.

많은 이가 '오늘을 위해 살아가야지' 하고 말하지만 오늘을, 지금을 사는 건 얼마나 어려운 일인가. 아직 일어나지 않은 일들을 걱정하며 그 무게에 억눌리곤 했다. 모두에게는 각자의 삶이 있다. 그 삶을 잘 꾸리려면 부단히 애써야 한다. 그렇지 않으면 일상에 균열이 인다.

먼저 산 사람의 말은 단단하다. 할머니는 다 괜찮다고 말했다.

오랫동안 한길을 걸으며 끊임없이 음악 세계를 변주하고 넓혀나가는 음악가의 음악은 귀한 유산이다. 아무것도 예측할 수 없는 시대에 막다른 길에 이르렀다고 해도 잠시 쉬었다가 '맨 처음의 그 용기'(「세렝게티처럼」)를 되뇌며 되돌아가면 된다. 그래도 된다. '어떤 밤은 내게 또 다른 시작'(「라」)이다.

조용필 EP앨범 『Road to 20-Prelude 2』

Track 1 「Feeling Of You」

# 인생의 아름다움을 발견하는 일

모든 것은 지나가고 남는 건 이 순간뿐, 등려군 『등려군 15주년鄧麗君十五週年』

어릴 때 잠깐 중국어 학원에 다녔다. 초등학교 가는 길에 있는 문방구를 지나 골목에 들어서면 같은 반 친구네 칡냉면집이 보였다. 그 집 2층이 중국인 부부가 하는 학원이었다. 1년 정도 다니다 중학교에 진학하면서 그만뒀다. 그때 배운 중국어는 거의 다 까먹었지만 네모난 사탕과 교실에서 부르던 노래만은 생생하다.

또래 원생이 한 명도 없어서 선생님과 단둘이 마주 앉아 소리 내어 단어들을 읽었다. 쪽지 시험을 잘 보면 투명한 유리병에 담긴 유백색의 사탕을 줬다. 처음 보는 것이었다. 얼음사탕이라고 했다. 얼음처럼 심심한 맛이었다. 씹을 때 부서지는 식감이 좋았다.

성조와 어순과 같은 기초를 다지며 일상에서 자
주 쓰는 회화 표현을 배웠다. 카세트에서 흘러나오는
노래를 따라 부르기도 했다. 그때 배운 노래가 등려군
鄧麗君(덩리쥔)이 부른 「첨밀밀甜蜜蜜」이다. 중국 사람들이
좋아하는 노래라고 했다. 사탕을 받아먹으려고 흥얼흥
얼하며 노래를 외웠다. 선생님이 교실 벽에 있는 중국
지도에서 자기 고향을 가리켰다. 손가락으로 포물선을
그리며 비행기를 타고 이곳에 왔다고 했다.

학원을 그만두고 중학생이 돼 베이징과 텐진으로
수련회를 갔다. 천안문과 자금성을 둘러보고 만리장성
을 걸었다. 기념품 가게에서 등려군의 노래가 흘렀다.
중국인 부부가 생각났다. 한국에 돌아가면 기념품 가게
에서 산 용 모양 열쇠고리를 들고 선생님을 뵈러 가야
겠다고 마음먹었다.

학원 자리에는 다른 가게가 들어와 있었다. 당시
내가 살던 소도시에는 중국어를 배우려는 사람들이 많
지 않았다. 학원도 몇 개 없었다. 이제는 이름도 기억나
지 않지만 스포츠머리를 한 남자 선생님이 환하게 웃으
며 노래 부르던 모습이 선하다. 그때를 떠올리면 엷은

단맛이 난다.

진가신陳可辛(첸커신) 감독의 영화 〈첨밀밀〉은 톈진 출신의 소군과 광저우 출신의 이교가 홍콩에서 만나 영화 제목처럼 '꿀처럼 달콤한' 사랑에 빠지는 이야기이다. 등려군의 노래는 영화 속에서 10년의 세월을 가로질러 두 사람을 잇는다.

등려군 데뷔 15주년 기념 앨범은 여러 버전으로 홍콩, 대만, 싱가포르 등에서 발매됐다. 등려군은 1953년에 대만에서 태어나 1995년에 태국 치앙마이에서 숨을 거둔다. 그는 주로 아시아를 순회하며 활동했다. 그의 부모는 대만으로 이주한 외성인이었다. 중국국민당 군인이었던 아버지가 국공내전 이후 대만에 넘어와 터를 잡았다.

평생을 이방인으로 살다 간 등려군의 노래는 쓸쓸하지만 따뜻하다. 그의 목소리를 듣고 있으면 내가 살지 않은 지난날을 그리워하게 된다. 그는 나카지마 미유키의 「혼자서도 잘 지내ひとり上手」를 번안한 「만보인생로漫步人生路」에서 '슬퍼도 좋아, 기뻐도 좋아, 매일 새로운 발견을 찾자悲也好, 喜也好, 每天找到新發現'고 노래한다. 하루하루 일상에서 인생의 아름다움을 발견하기란 결코 쉬

운 일이 아니다. 인간의 리듬을 자연의 속도로 늦출 수 있다면 삼라만상이 새로워질 것이다.

중국인 부부는 잘 지내고 있을까.

듣는 이를 다신 닿을 수 없는 때로 이끄는 등려군의 목소리는 세상 모든 것은 지나가고 남는 것은 이 순간뿐이라고 말하는 듯하다.

'예쁜 꽃은 자주 피지 않고 아름다운 경치도 항상 있는 게 아니죠好花不常開, 好景不常在.'(「하일군재래何日君再來」)

등려군 15주년 앨범 『등려군 15주년』

Track 3 「첨밀밀」

# 어떤 사랑은 뒤늦게 밀려온다

나의 작음과 보잘것없음을 정직하게 마주하는,
전유동 『나는 그걸 사랑이라 불러 자주 안 쓰는 말이지만』

대학을 한 학기 만에 그만두고 전주로 내려와 허송세월
했다. 학교를 다른 지역에서 다닌 탓에 아는 이가 거의
없었다. 그러다 우연히 그 애를 만나게 된 것이다. 그
애는 초등학교 동창의 고등학교 친구였다. 초등학교 동
창이 '버디버디'로 메시지를 주고받는 중에 대뜸 그림
그리는 친구라며 그 애를 초대했다. 둘 다 예술대학을
지망하니 알고 지내면 좋을 것 같다는 게 이유였다.

고등학교를 졸업하고 원하는 대학에 떨어져 궁여
지책으로 화성에 있는 한 대학의 국어국문학과에 입학
했다. 이제 와 생각해보면 당연한 결과였다. 되레 감지

덕지하며 다녀야 할 판이었다. 당시 현대 시를 가르치던 교수님은 매주 연구실에 불러 설익은 습작을 합평해줄 정도로 신경을 많이 써주셨다. 자퇴 원서에 서명을 받으러 갔을 때는 조금 더 고민해보라며 끝까지 도장을 찍어주지 않으셨다. 기어이 다른 교수님께 확인을 받아 서류를 제출했다. 몇몇 대학에 원서를 내고 결과에 상관없이 입대할 계획이었다.

부모님 눈을 피해 피시방에서 시간을 죽였다. 또래 친구들은 대학 생활에 열심이었다. 불현듯 그 애가 전주에 산다고 했던 게 생각났다. 어떻게 연락했는지 아리송하다.

그 애는 미술대학에 들어갔는데 전공이 안 맞아 다른 대학을 알아보고 있다고 했다. 처음 만난 자리에서 빛나는 눈으로 자기가 꿈꾸는 미래를 오랫동안 이야기했다. 그 뒤로 자연스레 자주 시간을 보냈다. 주로 대학가를 걸으며 수다를 떨었다. 어느 날은 걷다가 지쳐서 아스팔트 바닥에 드러눕기도 했다.

그 시절 꿈꾸던 미래는 오지 않았다. 아니 오지 않을 것이다, 그게 무엇이었든.

전유동의 두 번째 정규 앨범 『나는 그걸 사랑이라

불러 자주 안 쓰는 말이지만』은 오래된 미래에서 온 편지 같다. '지금을 아주 그리워하게 될 거야'(「토마토」) 하고 노래하는 그는 철새가 도래渡來하듯 우리가 밤을 건너고 시간을 넘어 '내가 있는 이곳'(「강변」)으로 오길 기다린다. 어떤 사랑은 뒤늦게 밀려온다.

한 선배가 '작가와의 만남' 행사에서 많이 배우면 많이 잊어버린다고 말했다. 타고난 리듬과 어조가 사라지고 그 자리에 길들여진 '나'가 자리 잡게 된다는 이야기였다. 내게도 허무맹랑한 꿈들이 있었다. 물러서지 않을 각오로 그 꿈들을 웅변했다.

전유동은 '나'의 작음과 보잘것없음을 정직하게 마주한다. '잊고 지낸 이름들'과 '잊히는 얼굴들'을 떠올리며 '언제나처럼 흘러가는'(「아름 아름, 이름들 얼굴들」) 죄책감을 들춘다. 수많은 감정이 '점점 퍼지는 물결'(「호수」)처럼 마음을 가득 메운다.

미래는 어떤 모양을 하고 있을까?

너와 나는 어떤 모습일까?

친척의 장례를 치르고 돌아온 밤, 내가 이 세상에 온 의미를 곱씹었다. 의미는 뒤에 온다. 인간이 제멋대로 정하는 것이다. 이 모든 것이 무의미하지 않으려면 스스로 그 의미를 불러야 한다.

그 애는 몇 번의 휴학 끝에 다니던 미술대학을 졸업하고 가게를 열었다. 서로 연락이 뜸해지다 소식이 끊겼다.

'나는 가끔 울컥하겠지.'(「나는 그걸 사랑이라 불러 자주 안 쓰는 말이지만」) 걷고 또 걸으며. 지나간 마음이 먼저 와 손짓한다.

전유동 정규2집 『나는 그걸 사랑이라 불러 자주 안 쓰는 말이지만』

Track 4 「호수」

# 마음속 사랑이 어지러운 세상을 비출 테니

듣는 이를 사랑에 잠기게 하는, 숨비 『To. My Lover』

주말 오후 느지막이 일어나 나갈 채비를 했다. 우리 부부는 일하는 시간이 다르다. 그래서 휴일에는 웬만하면 함께 시간을 보내려고 한다. 가끔은 바람을 쐬러 나가고 싶지만, 이런저런 일 때문에 마음이 바쁠 때가 많다. 그럴 땐 아내도 덩달아 외출하지 않고 집에서 시간을 보낸다. 아내는 자주 편두통에 시달린다. 두통약을 사러 가는 김에 밖에서 밥을 먹기로 했다.

나는 잔병치레가 잦은 아이였다. 미륵사지로 소풍 갔던 날에는 급하게 먹은 김밥이 얹혔는지 아이들이 뛰노는 동안 돗자리에 누워 흘러가는 구름을 바라보았다.

어릴 적 병원에 다녀오는 날이면 만둣집에 가곤 했다. 20대이던 어머니는 언제나 쫄면을 시켰다. 굵고 질긴 면발을 무슨 맛으로 먹는지 몰랐다. 어머니가 새콤한 맛이 좋다며 웃던 모습이 흐릿하게 떠오른다. 언젠가 어머니께 쫄면 얘기를 꺼냈다. 당신은 그런 적 없다며 손사래 쳤다. 세월이 가고 입맛도 바뀌셨다.

우리 가족은 대화가 많은 편이 아니었다. 나는 집에 혼자 남아 별별 생각을 하며 혼잣말하고 놀았다. 내가 어렸을 때만 해도 아버지는 장난기가 많으셨다. 아버지와 창가에 서서 어머니가 돌아오길 기다렸다가 장난치곤 했다. 30대였던 아버지는 나라가 어려워지고 이곳저곳을 떠돌아다니며 일했다. 자연스레 나는 어머니와 있는 시간이 많아졌다. 어머니는 조용한 분이었다. 연속극에 푹 빠진 어머니와 긴 머리카락을 손에 쥐고 잠들지 않으려고 애쓰던 어린 내가 생각난다.

열여섯 살 때부터 부모님과 떨어져 살았다. 그전에도 집안 사정 때문에 떨어져 있었다. 따지고 보면 세 식구가 한 지붕 아래서 지낸 시간은 10년 남짓이다. 그러다 보니 내 가정을 이루고 문득 부모님에 관해 아는 게 별로 없다는 생각이 들었다. 어머니께 전화해 무얼

하고 계시냐고 물으면 말을 돌리신다. 기운이 없으시다고, 네 아빠는 매일 술을 마신다고, 술이 웬수라고….

숨비의 첫 미니 앨범 『To. My Lover』를 들으면 사랑하는 사람의 얼굴이 하나둘 떠오른다. 사랑은 시간을 비껴간다. 그때 그 시절 모습으로 영영 남아 나를 이룬다. 오래된 소반 위에 내 시집이 펼쳐져 있었다. 어머니가 읽다가 덮어둔 것이었다. 당신은 아들의 시를 보며 무슨 생각을 할까. 당신의 젊은 시절을 떠올릴까.

두 분은 내가 나기 전 대학가에서 '아마데우스'라는 이름의 카페를 했다. 아버지는 직장 생활과 맞지 않는 분이었다. 건설 회사에 들어가 몇 년 일한 게 전부였다. 남 밑에서 일하지 않으려고 애썼다. 어머니가 무대에서 춤추던 모습이 기억난다. 중학생이었던 나는 무대 앞까지 나가 어머니 모습을 필름에 담았다.

숨비는 담담하게 사랑을 노래한다. '너의 잘못이 아냐'(「사랑하는 너에게」) 말하는 그는 듣는 이를 사랑에 잠기게 한다. 마음속에 있는 사랑이 어지러운 세상을 비출 것이다.

약을 사 들고 만둣집에 갔다. 모둠 만두와 쫄면을 주문했다. 네가 쫄면에서 오이를 골라냈다. 곧 괜찮아

지겠지. '네가 내 곁에 있을 때면 나는 뭐든지 할 수 있을 것 같아.'(「너의 전체」) 너는 씩씩하게 웃는다.

숨비 EP앨범 『To. My Lover』

Track 1 「사랑하는 너에게」

# 삶이 구겨질 때면

세상은 결코 버릴 수 없다는 듯이, 트루베르 『목소리 숨소리』

오래전 안산에서 이주 노동자들과 축구 경기를 했다. 그때 친구 몇 명과 꼽사리를 꼈다. 형은 실력이 시원찮은 나를 살뜰히 챙겨주었다.

나는 뛰는 시간보다 벤치에 앉아 있는 시간이 더 길었다. 운동장 한편에 한 여자아이가 혼자 놀고 있었다. 땀을 뻘뻘 흘리며 공을 차는 이주 노동자의 딸아이였다. 스탠드에서 빠져나와 경기가 끝날 때까지 그 아이와 놀았다. 해맑게 웃는 아이 모습을 카메라에 담았다.

오래된 수동 카메라를 들고 다니던 친구가 있었다. 한때 사진관을 하셨던 아버지에게 물려받은 거라고 했다. 덩달아 나도 필름 카메라를 한 대 샀다. 그 계기로 사진에 푹 빠져 어디를 가든 사진기를 챙겼다.

그날 찍은 사진 중에는 형과 찍은 것도 있다. 바닥에 카메라를 두고 타이머를 맞춰 찍은 거였다. 주황색 유니폼을 입은 형과 나는 쪼그려 앉아 브이를 그리고 있다. 다른 친구들은 종종 그 팀에 가 축구를 했지만 나는 그 뒤로 발길을 끊었다.

홍대 근처의 작은 공연장에서 우연히 형을 5~6년 만에 다시 만났다. 형은 무대에서 랩을 하고 있었다. 내가 기억하는 형의 두 번째 모습이다. 그 공연 전후로 한 시인의 낭독 공연이 있었다. 방독면을 쓰고 시를 암송하는 모습이 인상 깊었다. 뒤풀이 자리에서 형에게 말을 붙였다. 나를 기억하지 못하는 눈치였다. 형은 사람들과 시를 매개로 한 공연들을 기획했다. 우리가 일을 같이하게 된 뒤에도 형은 나를 존대했다.

그리고 열두 번의 여름을 보냈다.

트루베르는 2007년 결성된 '시詩를 노래로 부르는 팀'이다. 2017년 발매한 첫 정규 앨범 『목소리 숨소리』는 박두진, 백석, 김성규, 유병록, 이근화 등 여러 시인의 시편을 음악의 몸을 빌려 재창작해 한국 시의 어제와 오늘을 충실히 소개한다.

형은 시인이 되고 싶어 했다. 대학 시절부터 꾸준히 시를 썼고 몇몇 군데에 응모해 최종심에 올랐다. 우리는 연말이면 사람들과 모여 새해 카운트다운을 했다. 얼싸안고 건강하자며 덕담을 주고받았다.

형을 마지막으로 본 것은 병원에서였다. 팬데믹으로 면회가 금지된 때였지만 그때만큼은 병원에서도 허락했다. 한 명씩 병실에 들어갔다. 내 차례가 왔다. 형은 침대에 누워 마른 숨을 내쉬고 있었다. 말문이 막혔다. 무슨 말이라도 해야 했다. 형이 눈을 껌뻑였다.

형의 일기에는 이런 구절이 있었다.

"천천히 한 발짝씩 내디디면서 걷다가 거리에 주저앉아서 한참 동안 숨을 고르기도 했습니다. 과분한 하루하루가 그렇게 뚜벅뚜벅 걸어왔다가 무심하게 걸어갔습니다."

'생은 오직 갈수록 쓸쓸하고 사랑은 한갓 괴로울 뿐.'(「도봉」) 삶이 구겨질 때면 형이 남긴 음악을 듣는다.

시인 백석은 '세상 같은 건 더러워 버리는 것'(「나와 나타샤와 흰당나귀」)이라고 했다. 트루베르 멤버 피티 컬PTycal은 이 구절을 동명의 곡 끝부분에서 반복해 부른다.

세상은 결코 버릴 수 없다는 듯이.

트루베르 정규1집 『목소리 숨소리』

Track 3 「나와 나타샤와 힌당나귀」

# 쪽배를 타고 그대 호수에 머물고 싶어라

스물여섯 청년이 우리에게 남긴 것, 유재하 『사랑하기 때문에』

순전히 호기심 때문이었다. 대학에서 만난 친구를 따라
야학에 갔다. 국어 과목을 맡고 싶었지만 국어교육과
학생이 이미 와 있었다. 그래서 중학교 국사 과목을 가
르치게 됐다. 내가 간 야학에는 50~60대 학생들이 많
았다. 어머니뻘 학생들 앞에서 수업하는 내내 부족한
실력이 들통날까 봐 마음을 졸였다.

　　우리 야학은 고등학교 입학자격 검정고시를 준비
하는 고검반과 대학 입학자격 검정고시를 준비하는 대
검반으로 나뉘었다. 1년 반 동안 고검반 담임을 지냈
다. 바쁘다는 핑계로 온 마음을 쏟지는 못했지만 학생

들은 나를 배려하고 보듬었다.

　야학을 계기로 나보다 나이 많은 분들과 스스럼없이 지낼 수 있게 됐다. 무엇보다 부모님을 좀 더 이해할 수 있게 됐다. 막연하게 세대 차이라고 치부했던 것들은 서로 섞일 기회가 없었기 때문에 생긴 거였다. 십시일반으로 돈을 모아 운동회를 열고 졸업 여행을 떠났다. 음식을 나눠 먹고 안부를 물었다. 누군가를 품는 일은 나를 품는 일이었다. 나는 타인을 통해 성장했다.

　서울시와 문화예술위원회, 빅이슈 코리아가 공동 주최한 '민들레 문학상' 수상자들과 독서 모임을 한 적이 있다. 민들레 문학상은 홈리스를 대상으로 하는 상이었다. 수상자 30명에게 임대주택 보증금이 상금으로 지급됐다. 이 사업은 지원금이 끊겨 3회를 끝으로 더는 공모를 내지 못했다.

　처음에는 낭독회를 준비한다는 구실로 수상자들과 만났다. 낭독회가 끝나고도 한 달에 한 번 모였다. 우리는 임시적이었다. 앞으로 무엇을 함께할 수 있을지 몰랐다. 그 2년은 나의 글쓰기를 바꾸었다. 이 땅에 나서 이 땅을 딛고 사는 한 이 땅의 노래를 부를 수밖에 없다는 걸 알게 해줬다.

한번은 이런 일이 있었다. 첫 직장에 들어갔을 때였다. 한 분이 퇴근 시간에 맞춰 회사 앞으로 찾아왔다. 홈리스 쉼터에서 지내다 보건소에서 계약직으로 일을 시작한 분이었다. 그와 함께 호프집에서 맥주를 한잔했다. 그가 불쑥 선물을 내밀었다. 입사 축하 선물이라고 했다. 상자에는 스팸과 식용유가 담겨 있었다. 헤어질 때 그는 끼니를 거르지 말라고 당부했다. 그와 나는 끼니를 고민하는 삶을 살고 있었다.

유재하의 첫 번째 정규 앨범이자 유고 앨범인 『사랑하기 때문에』에 수록된 「가리워진 길」을 들으면 나를 견뎌준 여러 사람의 온기가 떠올라 마음이 뭉클해진다.

외로운 시간이 계속될 것 같은 착각에 쉬이 빠지곤 했다. 그 무엇도 계속되는 것은 없다는 걸 알면서도. 친구를 잃고 혼자라고 비관했던 그 순간에도 사실 나는 혼자가 아니었다.

유재하가 떠난 지 30여 년이 지났다. 어느새 나는 그보다 더 나이를 먹고 그의 음악을 들으며 내가 나기 전에 죽은 그를 그리워한다. 스물여섯 살 청년이 우리에게 남기고 간 것은 무얼까. 그는 '사랑하기 때문에' 그리워하는 사람이었다.

'끝까지 따르리 저 끝까지 따르리 내 사랑'(「그대 내 품에」), 자못 경건한 그의 고백은 지나간 날을 향한 애가哀歌이다.

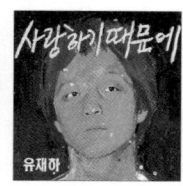

유재하 정규1집 『사랑하기 때문에』

Track 6 「가리워진 길」

# 우리는 계속 질문해야 한다

'이건 뭔가 되게 크게 잘못된 것 같아' 되뇌는, 이랑 『신의 놀이』

세계가 크게 잘못된 것 같다. 2022년 러시아가 우크라이나를 침공하면서 전쟁이 시작되었다. 이스라엘과 하마스 간의 무력 충돌은 또 다른 전쟁으로 번졌다. 수많은 민간인이 희생되고 있다. 팔레스타인 가자 지구에서 불과 3주 만에 3000여 명의 어린이가 사망했다는 소식을 들었다. 누가 전쟁을 원하는 걸까. 나치 정권의 제국원수였던 헤르만 괴링은 뉘른베르크 재판에서 "평범한 사람은 전쟁을 원치 않는다"고 진술했다. 또 "보통 사람은 지도자가 결정하면 전쟁에 나갈 수밖에 없다"고 말했다. 게다가 "사람들을 전쟁에 불러내는 건 아주 쉽다"

며 "'적에게 공격받고 있다' '평화주의자는 애국심이 없
고 나라를 위험에 빠뜨리는 자'라고 말하면 된다"고 설
명했다.

파주에서 서울로 자유로를 타고 가는 길에 전쟁
상황을 라디오로 접했다. 일상은 그대로였다. 달라진
것은 없었다. 무사히 강의실에 도착했고, 준비한 강의
록대로 두 시간 동안 '문학의 역할'에 관해 말하면 됐
다. 지난 몇 년 동안 전쟁에 관한 시를 여러 편 썼다. 그
것들을 모아 시집을 묶었다. 내 곁의 존재가 소리 없이
사라질 때 나는 무얼 하고 있었나. 부끄러움이 한꺼번
에 밀려왔다.

초등학교 6학년 때 같은 반에 발달장애인 친구가
있었다. 또래보다 덩치가 큰 남학생들이 그 친구의 가
방을 잡아당기며 괴롭히는 모습을 보았지만 모르는 체
했다. 담임선생님마저 칠판지우개로 그 친구의 뺨을 때
리며 못되게 굴었지만 그러려니 했다. 가정 형편 때문
에 우리 집에 맡겨진 사촌과 오락을 하다가 눈을 멍들
게 한 것, 나중에 철이 들고 사과할 기회가 있었는데도
그러지 않은 것, 그렇게 시간을 흘려보낸 것, 나의 비겁
함의 시작이었다.

이랑의 두 번째 정규 앨범 『신의 놀이』는 '한국에서 태어나 산다는 데 어떤 의미를 두고 계시나요'(「신의 놀이」) 하는 질문으로 시작된다. 군은 75주년 국군의 날을 맞아 '강한 국군, 튼튼한 안보, 힘에 의한 평화'라는 구호를 내걸고 숭례문부터 광화문까지 탱크와 장갑차를 필두로 시가행진을 했다. 힘은 수천 발의 로켓포를 발사하고 교회와 병원과 학교를 공습하고 삶의 터전을 파괴한다. 어떤 전쟁에도 승자가 없다는 사실을, '여전히 사람들은 좋은 이야기가 나오기를 기다리고 있다'는 사실을 우리는 알고 있다.

세상일이 다 그렇다고 하는 사람들에게, 우리는 무슨 이야기를 해야 할까. 이랑은 '이건 뭔가 되게 크게 잘못된 것 같아'(「가족을 찾아서」) 하고 되뇐다. 그는 자기의 '무기력감이나 공포심'(「세상 모든 사람들이 나를 미워하기 시작했다」)을 고백한다. 일기장에 '자신에 대한 질문'(「평범한 사람」)을 가득 적는다. 우리는 계속 질문해야 한다.

때때로 이 모든 것 앞에서 글쓰기는 부질없는 일처럼 느껴진다. 세계가 계속해서 무너지고, 사람들이 계속해서 죽어가고, 폐허가 된 도시 한가운데에서 어린

이가 울고 있다.

　"우리는 잘못한 게 없어요."

　내가 거리를 헤매고 있을 때 누군가 내 이름을 불러주면 좋겠다.

이랑 정규2집 『신의 놀이』

Track 1 「신의 놀이」

# 다르다는 건 얼마나 좋은 일인지

우리 곁에 있는 풍경을 다정한 시선으로, 김목인 『저장된 풍경』

일주일에 한 번 마을에 있는 책방에 나가 일한다. 이사하고 얼마 후 어떤 일로 책방 문을 두드렸다. 그 인연으로 마을 사람들과 함께 소리 내어 시를 읽는다. 한 편의 시를 한목소리로 또박또박 읽는다. '하나둘' 하는 신호에 다 같이 시를 읽는 경험은 특별하다. 모두 같은 것을 앞에 두고 다른 사람의 목소리에 귀 기울이며 자기 속도를 남에게 맞춰간다. 운율과 가락이 느껴진다. 다른 이와 공명하는 듯한 기분이 든다.

책방의 아침은 한산하다. 보통 모임이 있는 저녁까지 조용하다. 가게를 청소하고 주문 들어온 책을 예약하고 입고된 책을 정리하는 것이 낮의 일이다. 책을 사러 오는 손님이 없는 날도 있다. 혼자 책방을 운영했다면 마음이 복잡해져서 일이 손에 잡히지 않았을 것이다.

조합원 15명이 책방을 운영하고 있다. 두 조합원이 시간을 나눠 상주하고 빈 시간에는 다른 조합원들이 요일별로 나와 책방을 지킨다. 책방에서 이웃들에게 일본어를 가르치는 일본인 조합원은 '챠미쨩'이라고 불린다. 우리 협동조합은 이름 대신 서로 별명을 부른다. 챠미쨩은 모임이 있을 때마다 따뜻한 차를 끓여 사람들에게 권한다. 마을 사람들은 일없이 책방에 와서 시간을 보내다 간다. 이따금 누구에게 반찬을 전해주라며 두고 가는 분도 있다.

풀리지 않는 글쓰기에 파묻혀 종일 처박혀 있을 때가 많다. 지나버린 마감을 두고 좀체 진도가 나지 않을 때면 아무도 나를 찾지 않았으면 했다. '정말 누구도 나를 필요로 하지 않으면 어쩌지?' 하는 마음에 속을 태우기도 했다.

살다 보면 누구나 한 번쯤 외로워진다. 혼자가 아니라는 감각, 그것이 인간을 살게 하는 것 같다. 직장을 그만두고 글쓰기로 밥벌이를 하며 느낀 점이다.

김목인의 네 번째 정규 앨범 『저장된 풍경』은 우리 곁에 있는 풍경을 다정한 시선으로 그려낸다. '어느 날 뒤처진 듯 느껴지면 좀 더 많은 사람들에 속한 기분이지' 노래하는 그는 사람들이 '묵묵히 살고 있는 풍경'(「도심산책」)을 보여준다. 삶의 군더더기를 덜어낼 때 일상은 오롯이 빛나는 게 아닐까. 나는 얼마나 많은 혹을 달고 살았나. 손쓸 수 없는 일들을 어수선하게 보냈다.

마을 사람들이 책방에 모여 저마다의 이야기를 풀어놓는다. 그러다 보면 한 상이 차려진다. 한곳에 둘러앉아 김장한 김치에 수육을 싸 먹으며 지난 일들을 돌아본다.

'다르다는 건 얼마나 좋은 일인지' '다르다는 건 얼마나 귀한 일인지'.(「다르다는 건」)

다른 존재는 우리 삶의 희망이다. 김목인은 다르다는 이유 때문에 사라지는 것들을 살핀다.

시대의 속도가 빨라지면서 오래된 가치는 쓸모없거나 시대착오적으로 여겨진다. 하지만 나는 이야기의 힘을 믿는다. 이야기는 삶을 계속하게 한다. '나'를 말하게끔 하기 때문이다. 그럼 말하는 용기는 어디서 비롯된 걸까. 다 그만두고 싶을 때 떠오르는 얼굴들이 아닐까.

　　소리 내어 함께 시를 읽는다. 책방의 밤. 목소리들이 쌓인다.

김목인 정규4집 『저장된 풍경』

Track 1 「도심산책」

# 계속되는 파도가 우리를 지금, 여기로 이끌었다

모르는 세계로 한발 한발 나아가는, 복다진 『너만 알고 있지』

왕가위王家衛(왕자웨이) 감독의 2000년 작 〈화양연화〉는 주모운周慕雲 역을 맡은 양조위梁朝偉(량차오웨이)가 매미 울음으로 들끓는 앙코르와트, 어느 구멍 난 벽에 비밀을 속삭이고 진흙으로 봉한 뒤 폐허가 된 사원을 빠져나가는 장면으로 끝난다. 그 장면을 흉내 내 나무 구멍에 입을 대고 사랑을 고백했다.

　　왕가위 영화를 보며 작가의 꿈을 키웠다. 흔히 그를 일컬어 '작가주의 감독'이라고 하는데, 중학생인 나는 그 말을 좋은 영화를 찍으려면 작가가 돼야 한다는 말로 잘못 알았다. 텔레비전에서 '네이버 지식검색' 광고를 할 때여서 '지식iN'에 물어보니 '어느 대학 문예창작학과에 진학해야 한다'는 답이 달렸다. 2003년이었다. 그해를 정확히 기억하는 건 장국영이 세상을 떠난 해이기 때문이다. 많은 사람이 그의 죽음을 슬퍼했다. 장국영이 어떤 사람인지 궁금했다. 비디오방을 들락날락하며 그가 출연한 영화를 빌려 보다가 왕가위 감독을 만났다.

중학생 시절, 시험 기간이면 한 친구와 독서실에 다녔다. 책상 앞에 앉아 공부하다 따분해질 때면 이따금 공책에 시를 끄적였다. 사랑에 관한 시였던 것이 어렴풋이 기억난다. 사랑이 뭔지도 모르면서 사랑에 관한 시를 많이도 썼다. 어쩌다 친구에게 시를 보여주게 됐다. 처음으로 또래 친구에게 내가 쓴 시를 보여준 거였다. 그 친구가 시를 읽고 무슨 말을 해줬는지 가물가물하지만 그 뒤로도 종종 시를 보여줬다. 누군가에게 시를 보여주지 않았더라면 시 쓰기를 계속하지 않았을지도 모른다.

복다진의 두 번째 정규 앨범 『너만 알고 있지』는 세상을 향한 질문들로 가득하다. 모르는 세계로 한발 한발 나아간다. 몇 해 전 서울 강남구에 있는 보육원 70주년 행사에 복다진과 함께 참여했다. 복다진은 아이들 앞에서 전자피아노를 연주하며 노래를 불렀다. 그 경험은 앨범 수록곡 「나무」를 만드는 데 토대가 됐다.

보육원 아이들을 만나며 이 세상에는 결코 내가 이해할 수 없는 슬픔이 있다는 걸 아련히 느꼈다. 복다진에게 노래하는 것은 '이 세상에 의문을 남기는 거' 같다. '어떤 것도 대답을 들을 순 없지만 계속해서 좇아갈 거'(「물음」)라고 마음을 다진다.

예술을 한 가지로 정의하는 건 불가능에 가깝다. 예술은 고정된 것이 아니라 시대에 따라 몸과 마음을 달리하기 때문이다. 하지만 불가능한 것을 시도하는 일이 무의미하다고 생각하지 않는다.

타이틀곡 「파도」는 복다진의 음악적 태도를 엿볼 수 있는 곡이다. 담담한 목소리로 '나는 거친 파도예요' '도망칠 수는 없어요' 하고 노래하는 부분은 끝없이 밀려오는 삶의 풍랑에 몸을 맡긴 한 사람의 모습을 떠올리게 한다. 자기 이야기를 시로 적어 사람들 앞에서 읽던 마을 이웃 한 분이 생각난다. 그는 불거져 나오는 울음을 짓누르며 끝까지 시를 읽었다. 계속되는 파도가 우리를 지금, 여기로 이끌었다.

김환기는 1969년 10월 6일 일기에 '늘 생각하라고, 뭔지 모르는 것을 생각하라'고 적었다.

작은 구멍에 대고 노래하고 싶다.

'똑똑 하고 심장을 열어보니 엉엉 하고 눈물이 쏟아졌네.'(「비」)

복다진 정규2집 『너만 알고 있지』

Track 9 「파도」

# 당신이 건넜을 고비
# 내가 건너야 할 고비

비틀스의 마지막 정규 앨범, 『Abbey Road』

첫 책을 내기 전 서울 동교동에 있는 작은 출판사에서 편집자로 일했다. 선배 시인이 먼저 들어가 편집 일을 하고 있었다. 선배와 계단에 앉아 수다를 떨던 시간을 떠올리면 시간이 참 빠르다는 생각이 절로 든다. 둘 다 그 회사에 오래 다니진 못했지만 그 시절은 내게 특별한 기억으로 남아 있다. 나는 시집 출간을 앞두고 몹시 불안해하고 있었고 선배는 글쓰기에 깊은 회의를 느끼고 있었다.

선배가 조그만 돈가스집을 차리고 싶다고 했던 것, 서점을 열고 싶다고 했던 것, 커피콩 볶는 일을 하고 싶다고 했던 것, 몸을 움직이는 일을 하고 싶다고 했던 것이 기억난다. 선배는 하고 싶은 게 많은 사람이었다. 여러 나라를 여행하며 파도를 쫓는 사람의 책을 편집하고 있었다. 책에 들어갈 사진에는 서프보드를 든 남자의 뒷모습이 찍혀 있었다. 작은 파도와 더 큰 파도가 밀려오고 있었다.

건널목에 서 있다. 신호가 바뀌기를 기다린다. 성공한 사람들의 인터뷰를 보다 보면 공통으로 하는 말이 있다. 그중 하나가 고비를 넘으면 또 다른 고비가 찾아온다는 말이다. 그것이 참이라면 삶이라는 여정은 고비의 연속으로 채워져 있을 것이다. 작은 결실에 자신만만하다가도 의기소침해지는 게 순리일 것이다.

오락실에서 '프로거Frogger'라는 게임을 한 적이 있다. 제한 시간 내에 개구리를 조작해 목표 지점에 이르게 하는 게임이다. 개구리는 집에 가기 위해 자동차들이 달리는 5차선 도로와 짙은 색의 강을 건너야 한다. 차를 피해서 제법 안전한 수풀까지는 그럭저럭 닿곤 했지만, 거북이와 통나무가 흘러가는 강을 건널 때가 문제였다. 내 개구리들은 오염된 물에 빠져 목숨을 잃기 일쑤였다. 사실 이 게임은 끝이 없다. 개구리 다섯 마리가 보금자리에 이르면 경쾌한 BGM이 흘러나오고 다시 게임이 시작된다. 패턴에 익숙해지고 적응할라치면 뱀과 악어와 같은 새로운 장애물이 나타나고 게임의 속도가 빨라진다. 주어진 목숨을 다 잃을 때까지 길을 건너고 또 건너야 한다.

한 사람의 작품 목록을 처음부터 끝까지 더듬는 경험은 그가 마주한 수많은 고비를 헤아리게 한다. 내가 사랑하는 작가들은 모두 크고 작은 시련을 겪었다. 주저앉았다가 다시 일어난 이도 있지만 가라앉고 가라앉으며 생을 마감한 이도 있다. 그 내력을 내 것과 견주며 앞을 짐작하는 게 내 버릇이다. 지나고 나면 별거 아니었다고 얘기할 때가 올 거라 믿으며.

비틀스의 마지막 정규 앨범 『Abbey Road』의 재킷은 그들의 다음을 암시하는 것 같다. 앨범 제목과 그룹 이름이 적혀 있지 않은 재킷에는 건널목을 건너는 네 사람의 모습이 담겼다.

1985년 7월 장인어른은 원주에서 오아시스레코드사가 수입해 판매한 『Abbey Road』 엘피를 샀다. 재킷에 볼펜으로 당신 이름을 한자로 적고 그 아래 날짜와 도시 이름을 적었다. 30여 년이 지나고 그것을 사위에게

주었다.

당신이 건넜을 고비, 내가 건너야 할 고비.

스물네 살의 당신이 턴테이블에 엘피를 거는 모습을 그려본다. 애플 레코드의 초록색 사과가 천천히 회전하고 바늘이 홈을 따라 돌면서 「Come Together」의 전주가 흘러나온다.

'모두 모여 지금 당장 내 곁으로.'

존 레넌의 목소리를 들으며 당신은 전율을 느꼈을까. 스피커에서 타닥타닥 장작 타는 듯한 소리가 난다.

비틀스 정규11집 『Abbey Road』

Track 1 「Come Together」

# 쓸모없다고 해도 멈추지 않는 이유

존재 이유를 묻는 노래, 요조 『나의 쓸모』

엘리베이터가 점검 중이었다. 10층까지 걸어가야 했다. 반절쯤 올라갔을 때였나, 어느 집 앞에 빈 페트병과 알루미늄 캔 더미 사이 그림 한 폭이 버려져 있었다. 액자 한쪽이 망가진 상태였다. 누가 볼세라 그것을 들고 서둘러 계단을 올랐다. 베트남에 있는 후에왕궁Hoàng thành Huế을 자수로 표현한 그림이었다. 흰 아오자이를 입은 두 사람이 왕궁을 바라보고 있다. 노을이 진 하늘에 네 마리의 새가 둘씩 짝지어 날아간다.

벌어진 액자 틈을 순간접착제로 붙였다. 벽에 걸었더니 보기 좋았다. 후에왕궁은 베트남의 마지막 왕조가 기거했던 곳이다. 베트남전쟁 때 미국의 폭격으로 건물 대부분이 불타 사라졌다. 그 고궁에 가본 적이 있다. 잡초가 무성한 빈터를 지나 석병마용石兵馬俑 사이를 걸었다. 그것들은 오랫동안 무덤을 지키고 있었다. 책상 앞에 앉으면 고궁이 보인다. 누군가 버린 그림이 벽에 걸려 있다. 해묵은 풍경이 나를 바라본다.

세상에는 좋은 작품이 너무나도 많다. 책이 가득한 도서관에서 강의할 때면 꼭 그 사실을 사람들에게 상기시킨다. 어쩌면 내 이야기를 듣는 것보다 책장에 가지런히 꽂힌 책들을 읽는 게 더 나을지도 모른다고 말한다. 많은 작가가 금방 잊힌다고, 나도 언젠가 이 순간을 그리워하게 될 거라고 이야기한다. 대부분 작품은 시간이 지나면 더는 읽히지 않는다. 이 세상에는 잊힌 이야기가 무수히 많다.

첫 책을 받아 들고 쓰레기가 그득한 원룸에서 엉엉 울었다. 직장 생활을 하면서 집은 엉망이 되었다. 퇴근하고 그대로 뻗어 잠드는 때도 많았다. 글은 언제 썼을까. 아주 옛일처럼 느껴져 도무지 모르겠다. 몇몇 친구들과 작은 호프집에서 조촐하게 책거리를 했다. 그날 찍은 사진을 보면 나는 책을 손에 쥐고 세상을 다 가진 사람처럼 활짝 웃고 있다.

고백하건대 그 책이 이 세상을 뒤흔들 줄 알았다. 세상을 휘저은 오래된 책들처럼 반향을 일으킬 거라고 장담했다. 그런 치기는 어디서 오는 걸까.

내가 처음 가입한 팬클럽은 '요조스쿨'이라는 싱어송라이터 요조의 팬클럽이었다. 싸이월드 카페를 들락거리며 게시물을 열심히 읽었다.《인간 실격》을 읽고 감상문을 쓰는 이벤트가 기억난다. 밤새 글을 썼지만 등수 안에 들지 못했다. '요조'라는 이름은 다자이 오사무의 《인간 실격》에서 따왔다. 주인공 이름이 오바 요조이다. 소규모 아카시아 밴드와 함께한 『My Name is Yozoh』와 첫 정규 앨범 『Traveler』를 들었을 때 소설 속 주인공의 성격과 그의 음악이 대조된다고 느꼈다.

그런데 요조의 두 번째 정규 앨범 『나의 쓸모』를 들으며 오바 요조가 떠올랐다. 그는 표제작 「나의 쓸모」에서 존재 이유를 묻는다. '사실 내가 별로 이 세상에 필요가 없는데도' 살아가는 이유를 묻는다. 곡은 피아노 반주에 전자기타 소리가 뒤섞이며 점점 고조된다.

정규1집과 정규2집 사이의 먼 거리를 헤아리며 나는 두 눈을 감고 사막을 건너는 한 사람을 떠올렸다. 답이 없다고 해서 물음을 멈출 수는 없다. 모른다는 이유로 질문하지 않는 철학적 진공 상태에 빠지지 않는 게 중요하다. '앞으로든 뒤로든'(「안식 없는 평안」) 걸어야 한다. 잊힐 것이 뻔하더라도, 쓸모없다고 하더라도 걸어야 한다. 30대의 요조가 20대에 부른 노래를 다시 부르는 걸 들을 때 뭉클한 마음이 드는 것은 그가 아득한 물음을 품고 계속 노래하기 때문일 것이다.

요조 정규2집 『나의 쓸모』

Track 1 「나의 쓸모」

# 모두가 떠난 자리에서 노래는 시작된다

아득한 물음과 마주하는, 이적 『Trace』

오전에 일이 없으면 러닝머신 위를 걷는다. 프리랜서로 일하다 보면 일과가 불규칙해 몸이 망가지기 일쑤다. 게다가 나는 작업 속도가 느린 편이라 새벽까지 원고를 붙잡고 있을 때가 많다. 평소에 꾸준히 체력을 관리해야 오래 쓸 수 있다고 하는 선배들의 말은 틀리지 않았다. 글은 엉덩이 힘으로 쓰는 것이다. 헬스장에 등록했지만 별로 가지 않으니 소용없었다. 궁여지책으로 집에 러닝머신을 들였다. 식품 회사 사무실에서 쓰던 걸 용달차를 불러 싼값에 가지고 왔다. 땀을 삘삘 흘리며 걷는 동안에도 잡생각이 끊이지 않는다.

겨울 산이 눈으로 뒤덮여 있었다. 아이젠 같은 등산용품도 없이 친구와 산을 탔다. 20대의 치기였다. 산 중턱까지 오르는 동안 신발 속이 축축해지고 바지가 다 젖었다. 모악산 대원사에 이르러 잠시 쉬었다가 하산하기로 했다. 대웅전 앞에 두 손을 모으고 소원을 빌었던 것 같다. 어찌어찌 올라오긴 했지만 내려가는 게 문제였다. 눈이 많이 쌓인 터라 산에는 사람이 적었다. 눈길에 미끄러져 자주 엉덩방아를 찧었다. 넘어진 자리는 눈과 흙이 섞여 진흙탕이 되었다. 아래로 아래로 내려갔다. 그러다 길을 잃었다. 돌아갈 수는 없는 노릇이었다. 장갑 한 켤레를 나눠 끼고 마른 수풀을 헤쳤다. 겨우 다다른 곳은 올라갈 때와 다른 등산로였다. 완주에서 출발해 김제 쪽으로 내려온 거였다. 꼴이 엉망이었다. 종점에서 버스가 출발하기를 기다렸다. 창밖으로 함박눈이 내렸다. 가끔 그때가 떠오른다. 온통 하얗던 세상이 떠오른다.

그런가 하면 세상이 죄다 컴컴해져서 끝없이 침전하는 때가 있었다. 바이러스가 세상을 휩쓸자 많은 것이 무너졌다. 이적의 정규 6집 『Trace』에 수록된 「당연한 것들」은 '코로나19'로 사라진 '평범한 나날들'의 소중함을 노래한다. 팬데믹 3년여 동안 세계보건기구가 집계한 사망자 수는 690만 명에 가깝다. 실제 사망자 수는 그보다 더 많을 거라고 보건 전문가들은 말한다.

깊고 어두운 동굴에서 빠져나오기까지 오랜 시간이 걸렸다. 팬데믹이 한창이던 어느 날 잠바를 챙겨 입고 호수공원에 나갔다. 마스크를 쓴 사람들이 산책로를 따라 평화롭게 걷고 있었다. 사람들의 뒤를 따라 걸었다. 일상은 멈추지 않았다.

출판사에서 일할 때 노스님의 책을 맡아 편집한 적이 있다. 몇 달 동안 붙어 다니면서 스님이 구술하는 것을 기록해 원고를 꾸렸다. 스님은 힘을 빼라고 하셨다. 삶이 무엇인지 모른다는 것을 인정하고 '모름'에 집중하라고 하셨다. 그 말이 무엇을 의미하는지 어리석은 중생은 알 수 없었다. 이적의 노래는 삶에 관한 질문을 품고 있다. 우리는 질문하기 위해 이 세상에 온 것인지도 모른다.

모두가 떠난 자리에서 노래는 시작된다. 누군가 있었으나 이제는 없는, 누구도 눈여겨보지 않는 하찮고 쓸모없다고 여겨지는 곳에서 이야기가 시작된다. 모든 이야기는 부재의 그림자다. 그 그림자들이 우리를 어디로 이끄는 걸까. 앞을 내다보는 게 부질없이 느껴질 때면 바다에 가 파도를 바라본다. 밀려오는 물결을 가만히 지켜본다. 어떤 미래가 닥쳐올지 알 수 없다. 단지 삶은 미지에서 미지로 가는 여정일 것이다.

새로운 시간이 오고 있다.

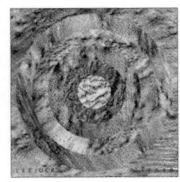

이적 정규6집 『Trace』

Track 5 「당연한 것들」

# 누군가 살아냈다는 것은
# 가끔 커다란 위로가 된다

세월을 넘어 가슴에 꽂히는 노래, 패티 스미스 『Horses』

사야카 씨는 문어 모양 미끄럼틀이 있는 작은 공원을 타코 코엔이라고 불렀다. 색 바랜 문어가 수평선을 바라보고 있었다. 망루 같은 전망대에 올라 해넘이를 지켜보았다. 아이들이 놀이터에서 캐치볼을 하고 있었다.

갑작스레 떠난 여행이었다. 얼마 전 장편 다큐멘터리 프로젝트를 시작했다. 마을에 사는 외국인 이주민들과 시를 읽고 쓰는 모임을 하고 있는데 그걸 기록해 영화로 만드는 게 목표다. 한국·중국·일본·대만·미얀마 등 다양한 국적의 사람들이 모임에 나오고 있다.

멤버 중 한 명이 고향에 다녀온다는 소식을 들었

다. 그는 파주에 살며 도쿄에 있는 어느 대학원에서 원격으로 일본어 교육에 관한 수업을 듣고 있었다. 한 달동안 제대로 공부하고 오겠다며 일본에 갔다.

다큐멘터리는 크게 세 부분으로 나뉜다. 매주 월요일 오전 마을 책방에 모여 시를 읽는 장면, 고향을 걸으며 자기 이야기를 들려주는 장면, 마을 사람들 앞에서 자기가 쓴 시를 낭독하는 장면이 중심이다. 국내에서 촬영할 수 있는 장면들은 어지간하면 적은 비용으로도 찍을 수 있겠지만 해외 촬영은 사정이 다르다. 다만 출연자가 고향에 가 있을 때 로케이션을 하면 제작비를 줄일 수 있다. 그래서 잽싸게 촬영 감독과 일정을 잡아 일본에 따라갔다.

가까운 선배는 내가 다큐멘터리를 찍고 있다고 하니 브레멘 음악대 같다고 했다. 브레멘 음악대는 나이가 들어 일할 수 없게 된 당나귀가 주인에게 학대를 받다 집에서 도망치는 내용으로 시작된다. 당나귀는 브레멘에 가 음악대에 들어갈 작정이었다. 여행 중에 개, 고양이, 수탉을 만나 동행한다. 외롭지 않은 여정이었다.

일본 니가타현에서 태어난 사야카 씨와 1박 2일동안 그가 태어난 곳부터 다녔던 학교, 자주 가던 공원,

바닷가 등을 같이 걸었다. 살아온 내력을 찬찬히 들었다. 장소에는 많은 기억이 머물고 있었다. 잊고 있었던 시절도 공간에 가니 자연히 펼쳐졌다. 그는 타임슬립을 하는 것 같다며 추억에 잠겼다.

영화 〈퍼펙트 데이즈〉는 도쿄 시부야에서 화장실 청소를 하는 히라야마 씨의 되풀이되는 일상을 보여준다. 영화에는 1960~1970년대 음악이 다수 삽입돼 있다. 패티 스미스의 「Redondo Beach」도 그중 하나다. 곡의 화자는 호텔에서 말다툼하고 떠나버린 여자를 찾고 있다. 그러다 '레돈도비치에 한 어린 여자가 떠밀려 오고 모두가 슬퍼한다'는 노래다. 이 곡은 그의 첫 번째 정규 앨범 『Horses』에 수록돼 있다. 앨범 재킷은 사진작가 로버트 메이플소프가 찍었다. 카메라를 바라보는 패티 스미스는 검은 양복바지에 흰 와이셔츠를 입고 있다. 그의 어깨 뒤로 빛이 비친다. '예수는 누군가의 죄를 위해 죽었지만 내 죄는 아니었다'(「Gloria」)고 선언하는 시적인 가사와 세련된 멜로디가 반백 년의 세월을 넘어 듣는 이의 가슴에 꽂힌다.

한 사람의 역사가 깃든 장소를 돌아보며 왠지 모르게 위로를 받았다. 무의미한 시간은 없다는 것을 나지막이 일러주는 것 같았다. 사야카 씨가 바다에 있는 테트라포드를 가리키며 어렸을 때 아버지가 거기까지 수영해 굴을 따온 이야기를 들려줬다. 가족들이 모래사장에 둘러앉아 굴을 구워 먹었다며 해맑게 웃었다. 촬영이 모두 끝나고 헤어지기 전 그는 저녁놀을 바라볼 때 뭉클한 기분이 들었다고 그때의 감정을 전했다.

지나가버린 시간이 우리 안에 차곡차곡 쌓여 있다. 어느 날 갑자기 파도처럼 기억이 밀려올 때가 있다. 누군가 살아냈다는 것, 그것은 가끔 커다란 위로가 된다.

패티 스미스 정규1집 『Horses』

Track 2 「Redondo Beach」

# 옛날 생각이 나요

듣는 이를 지나간 시간으로 이끄는, 천용성 『김일성이 죽던 해』

할머님이 거실 한쪽에 신문지를 깔고 메밀전을 부친다. 들기름을 두른 프라이팬에 씻은 김치를 손으로 찢어 올리고 국자로 메밀 반죽을 붓고 지진다. 가만히 할머님 옆에 앉아 쟁반에 전이 쌓이는 것을 지켜본다.

벽에 붙은 사진에는 낙타를 타고 있는 할아버님이 있다. 할아버님은 몇 해 전에 돌아가셨다. 가족들이 묘를 다지며 "인제 가면 언제 오나" 하고 회다지소리를 했다. 내가 할아버님을 뵀을 땐 이미 건강이 안 좋은 상태였다. 한마디도 제대로 나누지 못하고 헤어진 셈이다.

젊었을 적 할아버님은 과수원을 크게 해서 자식

여섯을 모두 대학에 보냈다. 해가 지면 트랙터 전조등을 켜고 일했다고 한다. 할아버님이 밭에 나갈 수 없게 되자 할머님은 장인어른이 자투리땅에 심은 몇 그루만 남기고 사과나무를 몽땅 베었다.

남은 사과나무에 사과가 주렁주렁 달렸다. 할머님은 증손주가 보고 싶어 성화를 내신다. 그럴 때면 알겠다고 하며 받아넘기는 편인데 이번에 갔을 땐 당신 말을 우습게 생각하지 말라며 으름장을 놓으셨다.

무녀독남인 나는 어렸을 적 세 살 터울의 사촌 누나를 잘 따랐다. 어른들의 사정으로 커서는 자주 만나지 못했지만 누나를 떠올리면 어른들 몰래 장난하다 자는 척하던 밤이 생각난다. 우리는 사촌 누나의 아이들을 각별히 아낀다. 초등학교에 다니는 여자아이와 남자아이를 보고 있으면 저절로 흐뭇한 기분이 든다.

어머니는 서른일곱 살에 부모님을 모두 떠나보냈다. 외할머니를 화장할 때 어머니가 바닥에 주저앉아 꺼이꺼이 목을 놓았던 모습이 기억난다. 본가에 갈 때면 외할머니가 계시는 묘원을 찾는다.

봉안당 목비 앞에 있는 작은 액자 속 사진에는 활짝 핀 벚나무 아래 포즈를 취하고 있는 외할머니가 있다. 파란색 실크 블라우스에 검은색 긴 치마를 입고 갈색 단화를 신었다. 외할머니의 손마디는 울퉁불퉁하다. 식당을 하며 홀로 자식 넷을 키운 탓이다.

내가 나기 전에 할아버지들은 이미 세상에 없었다. 할아버님은 가족 가운데 유일하게 뵌 할아버지다. 그래서인지 자주 인사드리러 가고 싶은 마음이었다.

천용성의 첫 정규 앨범 『김일성이 죽던 해』의 재킷 사진에는 민소매를 입은 여성과 기저귀를 찬 어린 아이가 있다. 아이의 어머니로 보이는 여성은 젓가락질하며 아기를 쳐다보고 아기는 해맑은 표정으로 카메라를 본다. 사진 아래에는 1988년 8월을 가리키는 숫자가 있다.

천용성이 〈작가의 말〉에서 밝혔듯 이 앨범은 마치 '백화점식 음반'으로 다양한 소재의 음악이 수록돼 있다. 우리의 기억이 하나의 점으로 모이지 않는 것처럼 뒤죽박죽 섞여 있다. 천용성은 듣는 이를 '그곳에 아직 남아 있던 당신의 시간'(「대설주의보」)으로 데려간다. 지난날은 조용히 나를 흔든다. 그것은 흩어졌다가 다른 모습으로 되돌아온다.

명절을 맞아 할머니 댁에 가까운 친척들이 모였

다. 구순이 넘은 할머니가 나무 의자에 앉아 있다. 자식들은 어머니를 요양원에 모시고 싶고 어미는 집에 남고 싶다. 손주들은 모르는 척하고 앉아 시장에서 사온 명절 음식을 먹는다.

　나는 위로할 줄을 몰라 쓸쓸하다.

천용성 정규1집 『김일성이 죽던 해』

Track 3 「대설주의보」

# 길을 잃는 걸 두려워하지 않을게요

삶의 여러 길을 보여주는, 신승은 『사랑의 경로』

전역하고 복학했는데 학교에 다닌 적이 없으니 새내기나 다름없었죠. 그때 저는 몹시 외로웠어요. 친구 사귀기가 어려웠거든요. 강의실 뒤편에 앉아 말없이 수업을 듣고 수업이 끝나면 도서관에 갔어요. 그러다 선생님 수업을 듣게 된 거예요.

제가 선생님께 시를 쓰고 있다고 했을 때 선생님 표정이 기억나요. 기대하는 표정은 아니었죠. 보여드릴 시를 고르면서 설렜어요. 대학에 들어와서 처음이었거든요. 누군가에게 제가 쓴 시를 보여주는 거요. 그때 고른 시가 스무 편은 넘었을 거예요.

선생님과 매주 카페에 가서 시에 관해 이야기했어요. 우리는 자주 침묵했죠. 그 시간이 답답하기도 했어요. 어떤 단어를 고쳐야 하고 어떤 문장을 빼야 할지 확실하게 가르쳐주길 바랐거든요. 선생님은 한 번도 그러지 않으셨죠. 눈앞에 보이지 않는 것을 봐야 하고 미지를 향해 나아가야 한다고 했는데 무슨 말인지 도통 알 수 없었어요.

선생님은 자주 시인의 태도에 대해 말씀하셨죠. 절대적인 질문을 던져야 한다고 했을 땐 심장이 뛰었어요. 나도 그런 사람이 되겠다고 다짐했어요. 그러곤 데뷔를 했고 학교를 졸업하고 출판사에 들어가 일했어요. 사는 게 힘들 때마다 선생님의 말씀이 생각났어요.

장수에 간 적이 있어요. 선생님 고향에요. 선생님은 수몰된 마을에 살았다고 하셨죠. 남은 흔적이 그것을 증명한다고요. 글이라는 게 사라진 것을, 사라지고 있는 것을 기억하는 게 아닐까 싶어요. 저는 기억하는 사람이 되고 싶어요. 자주 길을 잃을 테지만 길을 잃는 것을 두려워하지 않을게요.

신승은의 두 번째 정규 앨범 『사랑의 경로』는 우리 삶의 여러 길을 보여줘요. '잘못된 걸 잘못됐다'고 말하려면 용기가 필요해요. 우리가 광장에서 만나 거리를 행진하며 사람의 말을 외칠 때, 우리는 서로의 용기가 되었어요.

귀찮지는 않으셨나요. 매주 시간을 내어 시를 봐주는 거 쉬운 일은 아니잖아요. 제가 쓸쓸해한다는 걸 알고 있으셨죠? 창가에 앉아 바깥을 보다 보면 복잡했던 마음이 정리되곤 했어요. 창은 문이면서 벽이고 통로면서 마음이에요. 선생님에게도 풀리지 않는 일이 있겠죠. 가을은 아무도 모르게 와요. 엇갈리는 마음처럼요. 어떤 날은 엉킨 실타래 같아요.

아이들이 철봉에 매달려요. 하루빨리 어른이 되고 싶은 아이들이 철봉에 매달려 몸을 늘리고 있어요. 어른이 되면 어른의 옷을 입고 어른의 말을 하며 어른의 사랑을 할 거라고 믿는 아이들이 이제는 철봉에 거꾸로 매달려요. 뒤집힌 세상은 어떤 모습일까요.

'사랑을 잘해보고 싶어'(「쇳덩이」)라던 신승은은 '신으로 태어난다면 하고 싶은 일 딱 한 가지 그대를 사랑만 하고 바라지 않는 거야'(「신의 사랑」) 하고 노래해요. 몸이 작아지면 그만큼 세상이 크게 보이겠죠? 앉아만 있었을 뿐인데 몸이 커진 기분이에요.

이제 우리는 자주 만나지 않아요. 오래전에 쓴 편지를 이제야 부쳐요. 좋은 선생이 있다는 건 복된 일이에요. 지나간 일은 지나간 대로 가을은 가을대로 흘러가게 둘게요.

목적지는 다다르지 못한 곳이죠. 세상에는 그런 곳이 무궁무진해요. 내 마음은 네 마음을 지나 새의 마음을 지나 살아내고 있어요. 사라지지 않으려고요.

 신승은 정규2집 『사랑의 경로』
Track 11 「사랑의 경로」

# 망각에 저항하는 절박한 외침

순리를 거부하는 잡음을 엮어 만든, 이승윤 『역성』

참척慘慽의 고통은 감히 헤아릴 수가 없다. 우리는 아이가 없지만, 양가 부모님을 생각하면 조금은 알 것도 같다. 외할머니는 교통사고로 남편을 보냈다. 이어 연탄가스 중독 사고로 큰아들을 잃었다. 스무 살 남짓에 이세상을 떠난 외삼촌에 관해 물어도 어머니는 별말이 없었다. 외할머니는 식당을 하며 매일 단골손님들과 약주를 했다. 해방 전해에 태어난 당신은 환갑을 앞두고 눈을 감았다. 당신이 병원에 있을 때 문병을 가 두 손으로 당신 손을 쓸었는데, 이제 당신 얼굴이 흐릿하다. 당신은 내게 서느런 그리움이다.

이태원 참사가 일어난 지 3년이 지났다. 2023년 11월 책방에서 파주 운정신도시에 사는 유가족분을 모시고 추모의 밤을 보냈다. 그리고 어김없이 또 10월이 왔다. 2024년 11월 첫째 주 토요일에 그 유가족분을 다시 모시고 추모회를 열었다. 우리는 살아내기 위해 망각한다. 이 세계가 참혹하고 비통한 일로 가득하다는 걸 잊지 않으면 삶을 이어가기 힘들 것이다. 나는 잊지 않겠다고 다짐한 일들을 자주 잊어버리고 그것이 부끄러워 울음을 삼킨다.

남은 자는 증언한다. 그는 애써 미소 지으며 자리를 지켰다. 그가 살아낸 지난 3년의 세월 동안 밝혀진 것은 아무것도 없었다. 내가 일상을 보내는 동안 그는 끔찍한 시간과 직면했다. 그리고 참사는 반복되었다.

그가 물었다.

"진실을 밝히는 일은 누구를 위한 일일까요? 희생자를 위한 일일까요? 유가족을 위한 일일까요?"

죽은 이는 돌아오지 않는다. 그는 딸을 잃고 행복을 느낄 수 없게 됐다고 했다. 몇 번이나 죽으려고 했는데 그때마다 곁이 돼준 사람들의 얼굴이 떠올라서, 살아야겠다고, 살아내야겠다고, 마음을 고쳐먹었다고 했다.

이야기하는 그가 있고, 흐느껴 우는 사람들이 있고, 아물지 않을 상처가 있다. 살아 있는 한 희망이 있다고 믿는 그가 있고, 귀 기울여 듣는 사람들이 있고, 우리 앞에 다다른 이후의 시간들이 있다.

죽은 자들에게 가해진 잘못을 남은 자가 대신 사할 수 없다. 단지 기억할 뿐이다. 그들을 위해 증언할 따름이다. 그 누구도 희생자를 대신할 수 없다.

세상의 소리를 거스르는 역성易聲의 용기가 필요한 때다. '처박혀버린 얼, 처박힌 이름, 처박힌 리듬, 짓밟힌 넋'(「역성」)을 되찾기 위해. 이승윤은 순리를 거부하는 거친 소리를 엮어 세 번째 정규 앨범 『역성』을 내놓았다. 그는 라이너 노트에 "음악으로 세상을 바꾼다는 말을 믿지 않"는다고 적었다. 하지만 "음악을 듣는 이가 세상을 바꾼다는 말은 믿고 싶"다고 했다. 기억하지 않으면 안 된다는 절박한 외침이 울려 퍼지고 있다.

책방에 온 유가족분은 자기 딸이 바리케이드 너머에 있는 데도 딸을 만나기까지 열두 시간이 걸렸다고 했다.

"기억의 힘은 세다고 하지요."

무엇 하나 쉽게 얻어지는 게 없었다는 그는 아주

작은 관심이 누군가의 생명을 살리는 기적을 일으킬 수 있다는 걸 잊지 말라고 당부했다. 그리고 책방에 모인 사람들에게서 희망을 보았다며 싱긋 웃었다.

추모회가 끝나고 유가족분을 배웅하며 고마움을 전했다. 그는 밝은 표정으로 추모회가 힘이 됐다고 말했다. 그가 가고 나서 한참을 생각했다.

망각에 저항하는 힘은 어디서 오는가.

이승윤 정규3집 『역성』

Track 4 「역성」

# 절벽을 구르는 너를 안고

사랑을 포기하지 않는, 김소월 〈개여울의 노래〉

그대가 바람으로 생겨났으면!
달 돋는 개여울의 빈 들 속에서
내 옷의 앞자락을 불기나 하지.

우리가 굼벵이로 생겨났으면!
비 오는 저녁 캄캄한 영 기슭의
미욱한 꿈이나 꾸어를 보지.
만일에 그대가 바다 난 끝의
벼랑에 돌로나 생겨났다면,
둘이 안고 구르며 떨어나지지.

만일에 나의 몸이 불귀신이면

그대의 가슴속을 밤 도와 태워

둘이 함께 재 되어 스러지지.


_김소월, 〈개여울의 노래〉


"무엇보다도 뜨겁게 서로 사랑할지니 사랑은 허다한 죄를 덮느니라."(베드로전서 4:8)

소월은 1902년에 태어나 1920년 일본 도쿄에서 창간된 《창조創造》에 시를 발표하며 작품 활동을 시작했다. 1925년 시집 《진달래꽃》을 펴내고 1934년 서른둘의 나이로 작고했다. 그가 스물세 살에 펴낸 유일한 시집인 《진달래꽃》에는 127편의 시가 16부로 나뉘어 수록돼 있다. 그중 〈개여울의 노래〉는 13번째 부의 서시이다.

소월은 배재고보를 졸업하고 곧바로 일본으로 건너가 도쿄상과대학(현 히토쓰바시대학)에 입학한다. 1학기를 마치고 2학기를 앞둔 소월은 관동대지진(1923년)이 일어나 고향으로 돌아왔고, 결국 대학을 중퇴하게 되었다. 할아버지와 어머니의 완강한 만류 때문이었다.

소월 시에는 강가에 앉아 누군가를 기다리는 사람이 자주 나온다. 그들은 굽이쳐 흐르는 물줄기를 바라보며 오지 않는 이를 기다리고 그리워한다. 기다림과 그리움을 사랑이라고 부를 수 있다면 그는 사랑을 포기하지 않는다.

결혼하기 전 우리는 잠깐 헤어진 적이 있다. 내 잘못으로 벌어진 일이었다. 지난 일은 절대 없던 일이 되지 않는다. 자갈 깔린 주차장에 차를 세웠다. 그날따라 바람이 매서웠다. 우는 너는 나와 다시 시작하기로 했다. 나는 그 후로 1년 동안 술을 마시지 않았다. 그때 네가 나를 포기했다면 나는 다른 삶을 살고 있었을 것이다.

소월은 바란다. "우리가 굼벵이로 생겨났으면!" 하고 너와 함께라면 미물微物이 돼 어리석고 미련한 꿈을 꾸어도 좋다고 한다. 사랑은 사람을 꿈꾸게 하고 그것이 허무맹랑한 꿈이더라도 사람을 살게 한다.

시는 과거와 화해하기 위해 지난 시간을 불러온다. 흘러간 시간은 구멍 나 있고 안개 속에 있다. 이해할 수 없는 것은 이해할 수 없는 것으로 남을 것이다.

과거는 현재를 구할 수 있다. 현재는 과거의 시작

이자 꼬리이므로. 미래는 과거의 허물이자 머리이므로. 긍정과 부정은 맞수이고 짝이다. 부정 없는 긍정은 공허하다. 부정은 질문하게 한다. 질문은 긍정의 시작이며 사랑의 방식이다. 사랑하는 동안 우리는 필연적으로 자기 부정의 시기를 겪는다. 부정의 부정은 긍정이다. 진정한 사랑은 우리를 변화시킨다. 부정은 부정에만 머물지 않는다.

2024년 12월 3일 밤, 비상계엄령이 선포되고 자동소총으로 무장한 계엄군이 국회에 진입했다. 시민들의 저항으로 국회 본회의장에 들어간 국회의원들은 비상계엄 해제 요구 결의안을 가결했다. 일련의 과정은 여섯 시간에 불과했으나 그것이 국민을 배신하고 국가를 전복하려는 시도였다는 것은 자명하다. 광화문에서 용산까지 행진하며 시민들은 한목소리로 대통령 탄핵을 요구했다. 국회의사당을 둘러싸고 구호를 외쳤다.

소월은 말한다. '만일 그대가 바다 난 끝의 벼랑에 돌로나 생겨났으면' 하고. 절벽을 구르는 너를 안고 바닷속으로 가라앉겠다고 한다.

우리는 서로를 꼭 붙들고 깊이 가라앉았다. 어둠 속에 숨었다. 그때 너는 어떤 심정이었을까. 우리는 바닥에 이르렀던 걸까. 무엇이 우리를 다시 살아야겠다고 마음먹게 한 걸까.

소월은 자기 신세를 한탄하며 '거미줄에 걸린 잠자리' 같다고 했다. 일본 유학 생활이 물거품이 되고 나서 그의 삶은 좀체 잘 풀리지 않았다. 그는 전통적 세계관에서 벗어나 자기 운명을 개척하고 싶었으나 끝내 그 굴레에서 벗어날 수 없었다.

실의에 잠겨 무료한 나날을 보내던 소월은 홀로 여행을 떠난다. 처음 도착한 마을이 평안북도 영변읍이었다. 그곳을 여행하며 쓴 시가 〈진달래꽃〉이다.

그는 고향인 평안북도 정주定州에 머물다 처가댁이 있는 구성龜城으로 살림을 차려 나갔다. 그곳에서 동아일보 구성지국을 운영하지만, 사업은 실패하고 절망에 휩싸인다.

열심히 움직이며 부지런히 집을 짓는 개미를 보며 '저 개미 같이' '살음에 즐거워서' '사는 날 그날까지'(〈사노라면 사람은 죽는 것을〉) 살겠다고 한 소월에게 아편을 입에 물게 한 것은 무엇이었을까.

전망 없음은 삶을 망가뜨린다. 한 사람을 자포자기하게 한다. 오지 않은 것에 지레 겁먹고 희망을 내던

져버리는 사람. 그러나 둘이 함께 재가 돼 스러진다면 외롭지만은 않을 것이다.

소월이 뒷산에 홀로 앉아 흐르는 강물을 바라본다. 달빛이 비치고 바람이 분다. "그대가 바람으로 생겨났으면!" 아무도 없는 들판 속에서 나를 감싸겠지. 사랑은 강물처럼 지독하게 흐른다.

# 온 힘을 다해 마지막 악장을 연주하는 사람들

첼로 음악을 새롭게 정의한,
파블로 카살스 『J.S. BACH: Six Suites for Solo Cello』

문학은 시대를 구할 수 있을까. 시절이 어수선할 때 문학인은 무엇을 써야 하는 걸까. 의미와 무의미를 넘나들며 내가 다짐한 것은 지금 여기 있는 사람들과의 연대다. 하루하루의 삶에서 존재하기를 통해 실천하며 상상력을 기르는 것이다.

   파블로 카살스Pablo Casals는 1876년 카탈루냐에서 태어나 평생을 첼리스트로 살았다. 1973년 97세의 나이로 세상을 떠난 그는 살아생전 제1, 2차 세계대전과 에스파냐 내전을 겪었고 프랑코 독재 체제에 저항하며 망명했다. 그의 대표 레퍼토리인 바흐의 「무반주 첼로 모음곡Suites for Cello Solo, BWV 1007~1012」은 1700년대에 작곡돼 200년 동안 거의 알려지지 않은 작품이었다. 작곡 당시에는 첼로라는 악기의 가능성을 탐구하고 연주자들의 기술과 표현력을 기르기 위한 연습곡 성격의 곡이었다. 카살스가 이 작품의 악보를 바르셀로나의 어느 중고 서점에서 발견한 이야기는 음악사에서 유명한 일화이자 오늘날 첼로 음악의 위상을 새롭게 정의한 계기로 여겨진다. 그는 이 모음곡을 두 차례(1936년(런던), 1938년(파리))에 거쳐 녹음해 1939년 세상에 소개한다. 세계적인 첼리스트 스티븐 이설리스Steven Isserlis는 카살스의 열렬한 헌신과 매력적인 연주 덕택에 바흐의「무반주 첼로 모음곡」이 세상에 널리 알려졌다고 했다.

카살스는 제1, 2차 세계대전 시기를 겪으며 인간성의 파괴와 마주했고 깊은 절망에 빠지기도 했다. 그에게 한 사람의 생명은 그의 음악 전체보다 소중했다. 동시에 '음악은 인간이 어떤 상황에 처했더라도 만들어낼 수 있는 아름다움을 확인시켜주는 것'(《첼리스트 카잘스, 나의 기쁨과 슬픔》, 한길사, 2021)이었다.

가자 지구에서 전쟁이 일어난 지 얼마 되지 않았을 때였다. 팔레스타인 난민 살레 알란티시가 폭탄이

수직으로 떨어지는 영상을 보여줬다. 누군가의 집을 향하여. 무너진 건물 잔해를 배경으로 어린아이가 다른 어린아이를 둘러업고 걷고 있었다. 문학이 잊히고 사라진 사람의 이야기를 전하는 거라면 살레는 존재를 통해 그것을 행하고 있다고 생각했다.

카살스가 연주회 준비를 위해 바르셀로나에 머물 때였다. 카탈루냐 음악당에서 리허설을 하고 있는데 한 사람이 달려 들어와 편지 한 통을 건넸다. 파시스트 군대가 쿠데타를 일으켜 바르셀로나로 진격해온다는 내용이었다. 그는 그 소식을 오케스트라와 합창단에게 전하며 말했다.

"우리 작별 인사로 마지막 악장을 연주할까요?"

온 힘을 다해 마지막 악장을 연주하고 노래하는 사람들. 형제가 형제를 적으로 여기는 내란은 전쟁 중에서도 가장 끔찍하다. 카살스는 파시즘에 맞서 제일 먼저 일어선 민중들을 절대 잊어선 안 된다고 강조했다. 그는 30여 년 동안 망명 생활을 했으며 죽을 때까지 고향 땅을 밟지 못했다.

비상계엄에 맞서 많은 사람이 거리로 나갔다. 광장에는 깃발들이 나부꼈고 사람들이 응원봉을 들고 노래했다. 한 걸음도 물러서지 않았다. 아스팔트 바닥에서 영하의 추위를 버티며 긴 밤을 지새웠다. 함박눈이 내렸다. 은박 담요를 두른 사람들이 눈보라 속에서도 자리를 지켰다.

시대는 문학을 구할 수 있을까. 아직은 어렴풋하고 성긴 생각이지만 문학은 인간성 회복을 위해 나아가야 한다고 믿는다.

파블로 카살스

『J.S. BACH: Six Suites for Solo Cello』

# 우리를 살게 하는 것

2025년 1월 '파주 미얀마 공동체'* 사람들과 태국 매솟 Mae Sot에 다녀왔다. 2024년 8월 8일 공동체의 후원으로 새로 문을 연 한글학교 '핸드인핸드Hand in Hand'를 방문하기 위해서였다. 인천공항에서 출발해 수완나품공항에 도착한 뒤 미니밴을 타고 북서쪽으로 몇 시간을 달렸다. 날이 밝을 때쯤 매솟이 있는 딱Tak 주에 들어섰다. 검문소가 하나둘 나타났다. 우리는 몇 번이나 차에서 내려 군경의 지시에 따라야 했다.

- 파주 미얀마 공동체는 파주에 사는 미얀마 이주 노동자들이 만든 모임이다. 고국의 민주화를 위해 필요한 일들을 하고 있다.

학교까지는 현지에서 활동하는 선생님이 동행했다. 학교는 다락방이 딸린 작은 가정집을 임대해 운영되고 있었다. 우리가 도착했을 때 교실에서는 시험이 한창이었다. 마당에는 스쿠터와 자전거 몇 대가 세워져 있었다. 문밖에서 학생들의 모습을 조용히 지켜보았다. 시험이 끝나고 우리는 한곳에 둘러앉아 돌아가며 자기소개를 했다. 학생들은 군부의 탄압을 피해 국경을 넘었다. 한국어를 배워 한국에서 일하거나 대학에 진학하고 싶다고 했다. 학교를 배경으로 다 같이 기념사진을 찍었다. 사진 속 사람들은 모두 환하게 웃고 있다.

일정을 마친 뒤 우리는 학생들과 강둑을 걸었다. 바람이 거셌다. 한 학생이 손가락으로 숲을 가리키며 저쪽이 미얀마라고 했다. 우리는 여러 곳에서 난민들을 만났다. 난민캠프에도 들렀다. 그곳에 식료품과 생필품을 전했다. 모래 먼지가 날리는 황폐한 곳이었다. 나무판자로 된 집들이 늘어서 있었다. 나무 그늘에 카렌민족해방군(KNLA) 병사가 총을 메고 서 있었다. 800여 명의 사람들이 언제 있을지 모를 폭격을 두려워하며 살아가고 있었다.

밤이 되면 우리가 머무는 숙소까지 총성이 들려

왔다. 국경 쪽이었다. 그런 밤에도 기타 소리가 울리고 각기 다른 목소리가 한 목소리가 되어 노래 불렀다. 서로 말이 달라도 마음을 전할 수 있었다. 그 순간만큼은 어떠한 경계도 존재하지 않았다. 노랫소리가 밤새 이어졌다.

지나간 시간은 이미 사라진 것처럼 보이지만, 우리 몸 어딘가에 머물다 불쑥 되살아난다. 그 밤들은 음악의 힘을 알게 했다. 음악은 사람과 사람을 잇는다. 우리는 모두 하나의 음(音)에 불과하지만, 그 음들이 모여 세상을 이룬다. 그러므로 한 존재를 살게 하는 것은 다른 존재이다.

2025년 12월
최지인

삶을 살아낸다는 것. 자신의 그림자를 위로하며 묵묵히 걷는 일. 무언가를 사랑한다는 것. 그럼에도 불구하고 도망치지는 않겠다는 마음. 예술을 한다는 것. 기꺼이 그렇게 사랑하며 마침내 그렇게 살아내는 것.

삶이라는 그늘에서 피워내는 예술이라는 꽃에 대하여, 그리고 그것을 심리하는 깊고 짙은 사랑에 대하여. 책장을 넘길 때마다 함께 잔을 부딪치다가 어느새 일렁이는 나의 밤!

_권나무, 음악가

음악이 일으키는 작은 파장, 너울 틈으로 마주하는 일그러진 자신의 모습. 예술이 아름다운 까닭은 이런 직면의 용기 때문이 아닐까. 최지인 시인의 글을 읽으며 음악이 어떻게 삶과 연결되고, 시인의 사유가 어떻게 음악과 만나는지 알게 됐다. 시인은 삶 속에서 예술로 감응할 때 자유로워졌다. 모두 마찬가지다. 바쁜 일상을 보내는 이들에게 음악은 따뜻한 차 한잔이다. 성실함과 치열함을 강요당하는 세상에서 부유하는 치졸함을 가라앉혀준다.

시인이 전하려는 말처럼 "나는 비겁하지 않아요"라고 말하는 순간을 위해 챕터마다 준비된 노래를 틀고 글을 읽게 될 것이다. 부디 많은 이가 이 책으로 음악 안에서 '나'를 마주하고 시인의 고백만큼 아파하며 아름다워지길 바란다.

_전유동, 음악가

일렁이는 음의 밤

ⓒ 최지인, 2025

초판 1쇄 인쇄   2025년 12월 10일
초판 1쇄 발행   2025년 12월 18일

지은이   최지인
펴낸이   유강문
편집1팀   김진주 이연재
마케팅   김한성 조재성 박신영 김애린 오민정 우지윤
펴낸곳   ㈜한겨레엔 www.hanibook.co.kr
등록   2006년 1월 4일 제313-2006-00003호
주소   서울시 마포구 창전로 70 (신수동) 화수목빌딩 5층
전화   02) 6383-1602~3 | 팩스   02) 6383-1610
대표메일   book@hanien.co.kr
ISBN 979-11-7213-360-3 (03810)